Un cœur en soie

À contre-courant, roman
Sylvie-Catherine De Vailly

L'Amour dans la balance, roman
Sylvie-Catherine De Vailly

Le Concours Top-model, roman
Corinne De Vailly

De l'autre côté du miroir, roman
Sylvie-Catherine De Vailly

Entre elle et lui, roman
Sylvie-Catherine De Vailly

L'Exilée, roman
Héloïse Brindamour

La Grande Roue, roman
Annie Goulet

M'aimeras-tu assez ?, roman
Sylvie-Catherine De Vailly

Ma vie sans toi, roman
Sylvie-Catherine De Vailly

Pas question !, roman
Armelle Cita

Pink, roman
Sylvie-Catherine De Vailly

Star, roman
Sylvie-Catherine De Vailly

Le Tournoi, roman
Héloïse Brindamour

Trop jeune pour toi, roman
Sylvie-Catherine De Vailly

Un cœur en soie, roman
Nathalie Savaria

Une hirondelle en Amazonie, roman
Lisandra Lannes

Une histoire de gars, roman
Sylvie-Catherine De Vailly

Nathalie Savaria

Un cœur en soie

TRÉCARRÉ
Une compagnie de Quebecor Media

Catalogage avant publication de Bibliothèque et Archives nationales du Québec
et Bibliothèque et Archives Canada

Savaria, Nathalie,
            Un coeur en soie
            (Collection Intime)
            Pour les jeunes de 10 ans et plus.
            ISBN 978-2-89568-497-8
            I. Titre. II. Collection: Collection Intime.

PS8637.A92C63 2010   jC843'.6   C2010-941211-7
PS9637.A92C63 2010

Édition : Miléna Stojanac
Révision linguistique : Marie Pigeon Labrecque
Correction d'épreuves : Violaine Ducharme
Grille de la couverture : Chantal Boyer
Grille graphique intérieure : Chantal Boyer
Mise en pages : Amélie Côté
Illustration de la couverture : Géraldine Charette

Cet ouvrage est une œuvre de fiction ; toute ressemblance avec des personnes ou des faits réels
n'est que pure coïncidence.

Remerciements
Les Éditions du Trécarré reconnaissent l'aide financière du gouvernement du Canada par
l'entremise du Fonds du livre du Canada pour ses activités d'édition. Nous remercions le
Conseil des Arts du Canada et la Société de développement des entreprises culturelles du
Québec (SODEC) du soutien accordé à notre programme de publication. Gouvernement du
Québec – Programme de crédit d'impôt pour l'édition de livres – gestion SODEC.

Les Éditions du Trécarré
Groupe Librex inc.
Une compagnie de Quebecor Media
La Tourelle
1055, boul. René-Lévesque Est
Bureau 800
Montréal (Québec) H2L 4S5
Tél. : 514 849-5259
Téléc. : 514 849-1388
www.edtrecarre.com

Dépôt légal – Bibliothèque et Archives nationales du Québec et Bibliothèque et Archives
Canada, 2010

ISBN : 978-2-89568-497-8

Distribution au Canada
Messageries ADP
2315, rue de la Province
Longueuil (Québec) J4G 1G4
Téléphone : 450 640-1234
Sans frais : 1 800 771-3022
www.messageries-adp.com

Diffusion hors Canada
Interforum
Immeuble Paryseine
3, allée de la Seine
F-94854 Ivry-sur-Seine Cedex
Tél. : 33 (0)1 49 59 10 10
www.interforum.fr

Je ne parlerai pas, je ne penserai rien :
Mais l'amour infini me montera dans l'âme,
Et j'irai loin, bien loin, comme un bohémien…
Arthur Rimbaud

À toutes les petites perles de Chine.
À Miléna, pour notre amitié sans cesse renouvelée.
À C. qui, sans le savoir, m'a beaucoup inspirée.

CHAPITRE I

La Chine me fatigue !

Ah ! Quel bonheur que ce demi-sommeil ! Je sais que le soleil est déjà levé, car le store dans l'unique fenêtre de ma chambre laisse filtrer ses premiers rayons. Comme j'aimerais pouvoir prolonger ce moment le plus longtemps possible…

J'étire lentement les bras et les jambes. Je prends tout mon temps. J'ouvre d'abord l'œil gauche, puis l'œil droit, mon rituel du matin depuis que je suis toute petite. J'aime les rituels et je ne les compte plus : la soirée plateau télé avec Anaïs le vendredi, les croissants au lit le dimanche, la lecture de mon dernier roman préféré dans la grande baignoire remplie de mousse les soirs de semaine, le thé avec Mme Wang, ma prof de mandarin, le jeudi, et j'en passe !

Une voix familière, un tantinet autoritaire, me tire de mon cocon : Anaïs, ma mère, se tient derrière la porte.

— Danaé! Quand est-ce que tu vas te lever sans que j'aie à te le répéter tous les matins? Tu fais exprès ou quoi?

Exprès, non, mais pour être honnête, la voix de ma mère bat pour moi le dernier rappel: «Allez, ouste, debout, ma petite Danaé! Une autre formidable journée t'attend», me dis-je chaque fois en silence. OK, merci, Anaïs!

Comme je sens encore sa présence derrière la porte, je grommelle une sorte de oui qui semble satisfaire ma mère. Je l'entends tourner les talons et s'éloigner d'un pas décidé.

Ma mère n'ouvrirait jamais la porte de ma chambre. Interdiction formelle d'y pénétrer sans y être invitée. Ma chambre, c'est mon domaine privé. J'y passe de longues heures à étudier, à bavarder au téléphone avec Sido, ma *best*, à clavarder sur Facebook, à écrire mon journal à l'ordi, que j'ai appelé «Anonymouse» (en l'honneur d'un site qui permet de déjouer la censure en Chine!) et à écouter de la musique (en ce moment, j'adooooore Lady Gaga!). J'ai moi-même choisi les couleurs de la pièce (du rose, du rouge et du fuchsia), la déco et le mobilier, et agencé le tout à ma manière: il y a des coussins partout, un grand miroir, un bureau et un lit immense où je passe la moitié de ma vie! En retour, ma mère exige que je range ma chambre chaque semaine. Pas question pour elle de le faire à ma place. Cette condition me semble acceptable quoique pas toujours facile à remplir, je l'avoue... Ma chambre, c'est souvent un vrai souk!

Entre ma mère et moi, il y a une espèce de complicité mêlée de respect. Oh! Je n'oserais pas affirmer que tout est toujours rose entre nous. Ça, non! Chacune a son caractère et sa personnalité, et parfois, la chicane éclate pour une peccadille. Mais pour rien au monde nous irions nous coucher sans nous être réconciliées. Les câlins et les mots tendres de ma mère sont pour moi aussi essentiels que l'air que je respire.

Je ne le lui dirai jamais, car je suis trop orgueilleuse, trop fière, mais je me demande parfois ce que je serais sans elle. Il y a quinze ans maintenant, cette femme de trente ans à l'époque s'envolait pour la Chine, afin d'aller recueillir dans un orphelinat la petite fille dont elle possédait seulement une minuscule photo en noir et blanc de mauvaise qualité. Elle avait fait les démarches d'adoption seule, car, comme aujourd'hui, elle n'avait pas d'homme dans sa vie (enfin, c'est ce que je pense !) et n'allait pas attendre d'en fréquenter un pour réaliser son rêve : avoir un enfant ! Femme au caractère bien trempé, ma mère soutenait et soutient toujours que le monde est un orphelinat et que celui de la Chine est probablement le plus vaste. Aussi, quand est venu le temps de déterminer un pays d'adoption, son choix s'est-il tout naturellement porté vers la Chine. Elle a tenu son projet secret — un enfer pour un moulin à paroles comme elle ! — jusqu'au jour où elle a appris la bonne nouvelle du service d'adoption internationale : une fille lui était destinée.

Ce petit bout de chou au corps amaigri et aux yeux fatigués sur la photo toute froissée, eh bien, c'était moi. Eh oui ! Je suis une petite Chinoise, comme on dit. Originaire de la province du Hunan, j'avais passé les six premiers mois de ma vie avec mes parents, dont je ne sais rien, qui, pour une raison inconnue, ont décidé de me donner en adoption. Auraient-ils voulu un garçon, comme tant d'autres, finalement ? Ou manquaient-ils cruellement d'argent au point de ne pouvoir subvenir à mes besoins ? Je ne le saurai jamais, et maintenant, je m'en moque. Enfin, presque...

C'est tout ce que je sais sur ce que ma mère appelle « ma vie antérieure ». Je connais mon prénom chinois, Ting Ting, qui signifie « fine et gracieuse ». Ma mère adoptive, bien que follement passionnée par la Chine, a décidé de me donner un autre prénom, disons… plus occidental : Danaé. L'idée lui est venue alors qu'elle regardait une minisérie sur TV5. Elle a été séduite par la sonorité et la beauté du prénom, mais elle n'a pas cherché à en connaître la signification. Moi si. Danaé est une déesse de la mythologie grecque, enfermée par son père dans un tour puis libérée par Zeus, qui lui donna un fils, Persée. Enfin, la légende est plus complexe, mais c'est à peu près ça.

Mon estomac gargouille, signe qu'il est temps pour moi de me diriger *subito presto* vers la cuisine. Je me lève d'un bond, remonte le store et m'habille à toute vitesse. Aujourd'hui, j'enfile mon jean préféré ainsi que ma tunique blanche à encolure djellaba. Je chausse de jolies sandales à talons compensés qui me font gagner quelques centimètres. Avec ma petite taille, ce n'est pas une coquetterie mais une nécessité ! Et puis, c'est plus confortable que les talons hauts que bien des filles portent à l'école et qui sont un enfer pour les pieds quand il fait chaud ! En guise d'accessoire, je noue à mon cou un long foulard en soie rouge que ma marraine, Alice, la sœur de maman, m'a offert à Noël. Devant le miroir, je brosse mes longs cheveux que je laisse flotter librement sur mes épaules. Sur mes lèvres, j'applique un *gloss*, qui me fait une bouche pulpeuse, mais pas trop pour ne pas faire rager maman, et un peu de rose sur mes joues. Je me scrute une dernière fois dans la glace de la tête aux pieds : c'est bon, mes vêtements tombent bien, j'ai bonne mine et je n'ai pas l'air d'avoir grossi.

Voilà, c'est vendredi et le dernier sprint avant la fin de semaine !

•◦•

J'ai à peine franchi l'embrasure de la porte de la cuisine, que dis-je, de l'antre sacré de ma mère que celle-ci m'interpelle :

— Danaé, assieds-toi et commence à manger, me lance-t-elle sans se détourner de la cuisinière, où elle s'affaire comme un vrai chef en plein coup de feu. Tu vas être en retard pour ton examen d'histoire !

Dans la vaste cuisine baignée d'un soleil radieux, un petit-déjeuner des grandes occasions m'attend. Je crains qu'il y ait anguille sous roche…

Une délicieuse odeur de crêpes flotte dans la pièce. Une jolie nappe blanche recouvre la table en bois ronde sur laquelle reposent un pichet de jus d'oranges fraîchement pressées, un panier rempli de croissants et, à côté, un bel assortiment de confitures faites maison. Ma mère a même pris le temps de se préparer un espresso bien serré. Ma parole, c'est vendredi, pas dimanche ! Il n'y a pas de doute : elle mijote quelque chose.

— Pourquoi toute cette mise en scène si je dois avaler mes croissants et mes crêpes à la vitesse de l'éclair ?

— De quoi parles-tu ? Quelle mise en scène ? me répond-elle, toujours sans regarder dans ma direction. Allez, ne boude pas ton plaisir !

Ton plaisir ! Elle a de ces expressions, ma mère ! Le plaisir de qui, exactement ?

— Ce petit-déjeuner, un vendredi matin. Qu'est-ce que ça signifie ? Chaque fois que tu veux me demander quelque chose qui risque justement de ne pas me faire plaisir, tu me prépares un repas digne des rois et tout le flafla. Alors, c'est quoi, le problème ?

Cette fois, elle semble à court d'arguments, car elle ne dit rien. Bof, elle finira bien par cracher le morceau.

Je m'assois à la table et m'empare d'un croissant au beurre croustillant sur lequel je dépose de la confiture à la mangue préparée par ma mère, une cuisinière hors pair. Ah ça, oui ! Sa passion pour la cuisine chinoise lui a d'ailleurs inspiré la création d'un blogue super fréquenté sur le Web et pour lequel elle se démène sept jours sur sept depuis deux ans. Moi aussi d'ailleurs, mais seulement le week-end.

Ma mère est toujours silencieuse. Ça m'agace. Après avoir dévoré un deuxième croissant, je décide de la provoquer un peu.

— Anaïs, on n'a toujours pas discuté de nos projets de vacances cet été. Tu m'avais promis de me donner une réponse au sujet du camp d'immersion à Vancouver. Les parents de Sido l'ont déjà inscrite à ce camp. Je tiens absolument à y aller avec elle. Tu dis toujours que c'est important aujourd'hui de parler plusieurs langues, surtout l'anglais, de voyager et de découvrir le monde. J'ai quinze ans, presque seize, et moi, je n'ai rien vu de cette planète. Toi, à dix-huit ans, tu…

— Danaé, tu n'iras pas à ce camp cet été.

Quoi ? Ai-je bien compris ? Je n'irai pas avec ma meilleure amie Sidonie à mon camp d'immersion ! Sa réponse me désarme, mais pas pour longtemps. Une rage subite m'envahit. Ça ne va pas se passer comme ça ! Je décide d'engager les hostilités. Je me lève et vais me poster derrière elle, les bras croisés. Je monte la voix de plusieurs octaves.

—Ah non ! L'été dernier, quand tu es partie en voyage d'affaires au Brésil, tu m'as envoyée chez papi et mamie pendant plusieurs semaines. Ils sont bien gentils, ces deux-là, mais je me suis ennuyée pour mourir dans leur chalet du lac Machintruc perdu au milieu de nulle part avec les maringouins. Personne à qui parler, pas de copines, pas d'ordi et même pas de télé ! Non, mais ! À ton retour, tu m'avais juré que l'été prochain, mes vacances seraient différentes et plus à mon goût. Ce n'est pas juste, Anaïs !

Pour la première fois depuis mon arrivée dans la cuisine, ma mère se tourne vers moi, la spatule à crêpe dans une main. Est-ce la chaleur de la cuisinière ou la colère qui lui donne ces joues rouges écarlates ? En tout cas, elle n'a pas l'air content. J'admets que j'y suis allée un peu fort et déjà je le regrette. Va-t-elle m'infliger une quelconque punition ? Plus grande que moi de plusieurs centimètres, elle me toise de son regard noir qui m'effraie toujours un peu, mais je me ressaisis rapidement : je ne vais pas m'en laisser imposer !

— Tu n'iras pas à ce camp, Danaé. Est-ce clair ?

Des larmes inondent soudain mon visage. Je m'obstine.

— Mais pourquoi ?

— J'ai d'autres projets pour nous deux cet été.

Alors là, j'explose !

— Quels projets ? Pourquoi tu ne m'en as pas parlé plus tôt ? que je lui hurle en pleine figure en pleurant.

— C'est comme ça. J'ai pris une décision importante et c'est ce matin que je désire te l'annoncer. J'ai préparé ce petit-déjeuner pour l'occasion, dit-elle calmement, en conservant tout son aplomb.

Je reconnais bien là Anaïs. Jamais elle ne consulte personne. Encore moins sa fille chérie ! Elle mûrit ses plans en solo, sans se précipiter, puis bang ! Comme un grand coup de tonnerre dans le ciel, elle vous annonce la nouvelle.

Pendant que je bouillonne de rage et que j'essuie mes larmes avec ma serviette de table (tant pis pour la dentelle), elle me dévoile enfin « ses » projets.

— Hier, je suis allée chercher deux billets d'avion à l'agence de voyages Tourmonde. Nous partons pour la Chine le 26 juin prochain. Dans deux mois, jour pour jour. C'est pour ça que j'ai choisi de te l'annoncer aujourd'hui. Nous célébrerons ton seizième anniversaire là-bas. Nous y resterons quatre semaines. Je veux que tu puisses découvrir le pays de tes parents naturels et de tes ancêtres. C'est important pour ton épanouissement personnel. Tu dois savoir qui tu es. Je me suis pliée en quatre pour nous offrir ce voyage, à toutes les deux. J'ai économisé sou après sou, j'ai sabré les sorties au cinéma et au resto. Je n'ai même pas loué un chalet pour la relâche scolaire comme je le fais d'habitude. Tu as de la chance de faire un tel voyage à ton âge, Danaé. Tes copines vont t'envier. Et puis, je sais que plus tard tu me remercieras.

Tu parles! J'aurais dû me méfier. Comme elle est fière de son coup maintenant! Elle va ramener sa petite Chinoise en Chine! Mais sa petite Chinoise, elle, ne veut pas retourner en Chine. Bon pour « mon » épanouissement personnel, qu'elle dit! Qu'est-ce que c'est que ces grands mots, au juste? Personne ne m'attend là-bas, que je sache. Mes parents biologiques ne se sont pas gênés pour m'abandonner dans un orphelinat où j'ai moisi pendant presque six mois avant qu'Anaïs vienne me chercher. Et mes grands-parents biologiques, « mes » ancêtres, où étaient-ils, eux aussi ? Et puis, ma vie est ici maintenant. Ma mère, mes grands-parents, mes oncles, mes tantes et mes amis, voilà tout mon univers.

Tout à coup, je commence à me sentir mal. Ma gorge se serre et je respire avec peine. La tête me tourne, j'ai des frissons et je sens que je vais m'évanouir… D'un geste rapide, Anaïs me saisit la main et m'aide à m'asseoir sur la chaise la plus proche. De mauvais souvenirs resurgissent dans mon esprit. Je crois bien qu'elle a deviné l'origine de mon malaise…

Quand j'avais six ans, j'ai traversé une longue période d'angoisse déclenchée par un événement bien précis : ma mère m'avait demandé si j'aimerais aller visiter la Chine. Du jour au lendemain, moi, la petite fille joyeuse et insouciante, je ne voulais plus aller à l'école ni même jouer avec mes amies. Je m'empiffrais de nourriture, comme quand j'étais bébé et que je sortais à peine de l'orphelinat, où j'avais probablement été rationnée. Le pédopsychiatre avait dit à ma mère que je stockais littéralement la nourriture de peur d'en manquer… Une question de survie, quoi.

Vais-je encore revivre ce calvaire ?

Anaïs quitte la pièce puis revient avec une serviette humectée d'eau froide qu'elle applique délicatement sur mon front.

— Ça va mieux maintenant ? s'enquiert-elle d'un air désolé.

Je fais signe que oui de la tête.

— Je me rends compte que j'ai bien mal choisi mon moment pour te parler de ce voyage et je m'en excuse, reprend-elle, tout en jetant un coup d'œil à sa montre. Je vais ranger la cuisine, puis faire un brin de toilette. Pendant ce temps, tu pourras aller chercher tes affaires pour l'école dans ta chambre. Nous partons dans quinze minutes.

Trop fatiguée pour protester, je sors de la cuisine d'un pas traînant et me dirige vers la salle de bain dans le couloir. Lorsque je passe près d'elle, ma mère me caresse doucement la joue, mais je n'ai vraiment pas le cœur à la tendresse.

•—•

Anaïs me dépose à la hâte en face de l'entrée principale de mon école, un établissement public qui offre un programme international, et situé à quelques kilomètres de la maison. Je prends mon sac à dos sans regarder ma mère et je bondis hors de son 4 x 4. « Pas de bise aujourd'hui, Anaïs, car je veux que tu saches que je suis en colère contre toi », me dis-je. Bien entendu, elle le sait et démarre en trombe dès que je referme la portière. La guerre est ouverte entre nous ! Je ne suis pas sûre de pouvoir la gagner, mais c'est comme ça.

••

En classe, l'examen d'histoire est déjà en cours. Mme Simone, la prof, me gronde un moment et m'invite à m'asseoir à un pupitre au plus vite. Sido, ma jolie copine aux longues tresses rousses, toujours assise dans l'avant-dernière rangée de la pièce, me lance un clin d'œil complice. Comme je lui souris à peine, elle fronce les sourcils en signe d'inquiétude. Je hausse les épaules afin de lui faire comprendre mon dépit : on se parlera à la pause. Je mets mon sac par terre et, avant de m'installer, je remarque la présence juste derrière moi d'un individu que j'aimerais bien oublier, pour une fois. Sous l'effet d'un puissant magnétisme que je n'arrive pas à contrôler depuis le début de l'année scolaire, mon regard se pose instinctivement sur lui et je me sens devenir rouge comme une pivoine. Le beau Guillaume Ladouceur lève soudain les yeux et esquisse une moue bizarre. Je ne lui plais pas, c'est évident. Les yeux bridés et les cheveux noirs tout raides, très peu pour lui. Je détourne rapidement la tête afin qu'il ne voie pas ma déception.

Mauvaise journée à l'horizon.

•◆•

Ouf! L'examen est terminé. Quelle galère! Moi qui avais tant étudié la matière, voilà que je n'ai même pas pu répondre à toutes les questions. Tout ce qui s'est imprégné dans mon cerveau les jours précédant l'examen semble s'être effacé. Ma moyenne risque fort de chuter. En fait, je ne pense plus qu'à l'épisode de ce matin. Je suis troublée et surtout vidée. Comment ma mère a-t-elle pu me faire un coup pareil, et pourquoi?

Comme la faim me tenaille, Sidonie m'entraîne à la cafétéria, curieuse d'en savoir plus sur mon arrivée tardive et ma drôle de tête.

Contrairement à moi, qui suis souvent victime de sautes d'humeur intempestives (que ma mère impute à ma crise d'adolescence), Sido respire la joie de vivre. Rien ni personne ne semble l'atteindre. Un mauvais commentaire ou une mauvaise note : elle retourne toujours la situation à son avantage. Fille comblée, Sido fait le bonheur de ses parents, les Dupont-Leblanc, qui s'empressent de souligner ses performances scolaires et sportives par des récompenses de toutes sortes : cadeaux, voyages, argent de poche supplémentaire, etc. Anaïs, plutôt suspicieuse de nature, surnomme ma *best* « miss Téflon » avec une pointe d'ironie dans la voix. « La réalité est trop parfaite pour être vraie », me lance-t-elle pour me ramener sur terre lorsque je vante un peu trop les mérites de mon amie.

— Alors ? m'interroge Sido, ses grands yeux verts rivés sur moi, en attente d'une réponse qui tarde à venir. Que se passe-t-il ?

Afin de discuter tranquillement seule à seule, nous nous sommes attablées dans un coin de la cafétéria, loin du brouhaha des autres élèves, venus nombreux pour la pause de 10 heures. Auparavant, je me suis évidemment précipitée au comptoir de service pour acheter un aliment bourré de sucre afin d'apaiser ma faim. Sido a opté pour un yogourt aux pêches sans sucre ajouté. Elle tient à maintenir sa ligne qui, selon moi, est parfaite.

Comme j'ai peur de la décevoir par ce que je vais lui dire, je prends tout mon temps pour boire mon berlingot de lait et manger mon mégamuffin double chocolat. Après quelques minutes de silence entre nous, j'inspire profondément et je lui annonce sans détour la mauvaise nouvelle :

— Je n'irai pas au camp d'immersion avec toi cet été. Je pars pour la Chine avec ma mère. Le 26 juin, tout de suite après la fin de l'année scolaire.

Sidonie ne dit pas un mot et continue toujours de me scruter le fond de l'âme de son regard vert. J'attends une réaction, un « Oh ! » d'étonnement, un « Non ! » d'indignation, un signe, un geste de compassion et de solidarité, que sais-je ! Après des nanosecondes qui me paraissent une éternité, elle se décide enfin à ouvrir la bouche. Sa réponse me désarçonne complètement.

— Mais, c'est supergénial ! Tu imagines : tu vas te rendre à l'autre bout du monde ! C'est bien mieux que le camp d'immersion à Vancouver : tu n'auras pas à te taper comme moi de longues heures d'études cet été. Tu ne vas pas travailler, toi. Tu vas t'amuser, Danaé ! C'est les vacances ! Et puis, tu vas revoir ton pays !

— Mon pays ? Mais tu es folle ou quoi ? Mon pays, ce n'est pas la Chine, c'est le Canada ! Et puis, que fais-tu de notre amitié ?

— Danaé, je sais, mais te rends-tu compte de la chance que tu as ? Tu m'écriras des cartes postales, on s'enverra des textos et on pourra même clavarder, si ça se trouve. C'est toi qui es folle de penser le contraire. Ta mère va t'aider à retrouver tes vrais parents et à comprendre les raisons de ton adoption.

— Il y a un milliard de personnes en Chine, Sido ! Un milliard ! Et mes parents biologiques, je m'en fous ! Ils m'ont abandonnée, un point c'est tout !

C'est un cauchemar ou quoi ? Même ma *best* ne me comprend pas. Comment lui dire que je n'ai pas envie de retourner là-bas ? Que mes racines sont ici et pas en Chine ? Que j'en veux à mes parents biologiques de m'avoir abandonnée ? Que j'en ai marre des leçons de mandarin de Mme Wang et des restos du Quartier chinois, à l'exception des super dims sums de chez Tong Por ?

De nouveau, j'ai du mal à respirer et j'ai l'estomac noué. Heureusement, la cloche annonce la reprise des cours. La discussion est terminée.

Pour l'instant, du moins. Sido me fait la bise et file en direction opposée à la mienne en me promettant de m'appeler cette fin de semaine. En me dirigeant vers le gymnase de l'école pour mon cours de volley-ball, j'aperçois au détour d'un couloir le beau Guillaume en agréable compagnie… Comment résister à cette crinière brune en bataille, à ces longs cils qui battent comme les ailes d'un papillon et à ce corps si svelte qu'un t-shirt rouge et des jeans délavés moulent à la perfection ? Non, franchement, aucune fille ne le peut. Et je ne fais pas exception à la règle. Évidemment, lorsque je passe devant lui, c'est comme si j'étais transparente…

Pourquoi la vie est-elle si injuste avec moi ?

•••

L'autobus s'arrête à l'angle des rues Beaubien et des Érables. Il est 17 heures. Après les cours, plutôt que de rentrer chez moi, j'ai fait une longue promenade afin de me calmer et d'oublier un peu mes soucis. Maintenant, je suis épuisée et je n'ai qu'une envie : retourner à la maison et me préparer une mégacollation avant l'arrivée d'Anaïs, qui ne devrait pas tarder. Le vendredi, c'est notre rituel, ma mère et moi, nous nous préparons un plateau télé et visionnons un film récent. Même si nous échangeons peu de mots, j'adore ce moment d'intimité et de détente avec ma mère. Peut-être nous réconcilierons-nous ce soir...

Quand j'ouvre la porte d'entrée, je crois entendre des éclats de voix. Surprise. Anaïs est déjà là et elle n'est pas seule. Je referme la porte derrière moi et j'avance à pas feutrés vers le salon qui jouxte le vestibule. Lorsque je pénètre dans la pièce, ma mère se précipite vers moi et m'enlace avec une telle fougue que j'ai l'impression que ma cage thoracique va éclater. Derrière elle se tiennent mamie, papi, ma marraine, Alice, et son nouveau petit ami qui accourent tous vers moi pour m'étreindre et me féliciter. Car tout ce beau monde est venu célébrer, selon les mots de ma mère, notre départ pour le voyage « de retour aux sources ». Eh oui, je viens de l'apprendre à l'instant, nous voyagerons en groupe ! Au programme, ce soir, dégustation de mets de la province du Hunan, très pimentés, et projection de la vidéo de mon adoption en Chine. La totale, quoi !

—•—

Réfugiée sous ma couette, je n'arrive pas à fermer l'œil. La nuit sera longue… Exaspérée, je me lève et me dirige à tâtons vers mon bureau. J'attrape mon iPhone et envoie un texto à Sido. Les minutes s'égrènent en silence. Pas de réponse. Tant pis. J'ouvre mon portable et je clique sur le dossier secret où je cache mon précieux journal. Je note ces mots :

26 avril
Cher Anonymouse,
Journée difficile… Non, je n'irai pas à Vancouver avec ma best, mais plutôt en Chine avec toute la tribu des Savoie ! Maintenant, plus moyen de reculer.
Je me sens coupable d'être en colère contre ma mère, mais c'est plus fort que moi. Anaïs a un grand cœur et je sais qu'elle a voulu m'offrir le plus beau des cadeaux, sauf qu'elle a « oublié » que la Chine est pour moi un sujet douloureux, comme le dit mon psy. Depuis la fameuse crise de mes six ans, nous n'avons plus jamais discuté de ce voyage de retour aux sources. Pourquoi a-t-elle pris cette décision sans m'en parler ? Pour me faire la surprise ? Juste avant un examen, en plus ! Pas génial, comme idée. Maintenant, je me sens mal. Aujourd'hui, j'ai compris que je recommençais à perdre les pédales avec la nourriture. ☹
À l'école, je me suis empiffrée d'aliments bourrés de sucre.

Ce soir, je n'ai presque rien avalé. Hum... il faudra que je me surveille de près. Mon appétit est en dents de scie, comme mon moral. Et Sido qui ne me rappelle pas...

Tantôt, ma mère est venue me voir et nous nous sommes serrées l'une contre l'autre, sans dire un mot, quelques instants. De toute façon, elle a compris qu'il valait mieux laisser la poussière retomber.

Ah ! La Chine me fatigue ! Ou bien, est-ce plutôt ma mère ?

Chapitre 2

Les délices d'Anaïs

Au réveil, j'ai du coton dans la tête et des bleus au cœur. Dans la salle de bain, je fais rapidement ma toilette en prenant toutes les précautions pour ne pas apercevoir mon reflet dans la glace. Le sommeil n'est jamais venu et mes yeux sont bouffis d'avoir trop pleuré…

En descendant l'escalier, le souvenir de la soirée d'hier remonte à la surface.

Je les revois tous encore. Le repas consommé et la vidéo terminée, tous les invités y sont allés de leurs commentaires rasants sur ce grand voyage de retour aux sources ! Et papi qui n'arrêtait pas de m'étreindre et de me donner des baisers mouillés sur les joues tellement il ne pouvait plus contenir sa joie. « C'est le rêve de ma vie », radotait-il à qui voulait l'entendre. Et mamie de renchérir : « Toutes nos économies y passent, mais tant pis, on n'a qu'une vie. » Et mon héritage, alors ?

Mais tout ça n'est rien en comparaison de l'idée mégagéniale sortie du cerveau de la belle tante Alice. Sans se soucier le moins du monde du regard bizarre que son nouveau cavalier, Jean-Maurice, a jeté dans l'ouverture de son cache-cœur, Alice, un peu pompette, s'est extirpée du vieux *loveseat* du salon et a lancé à la ronde :

— Et si on apprenait le mandarin ? Ce serait formidable ! Les Chinois en seraient tout ébahis. Vous vous rendez compte ? Des Occidentaux qui parlent leur langue ! On pourrait faire cette activité ensemble, en famille, les samedis. Avec cette vieille dame rabougrie aux doigts crochus… Comment s'appelle-t-elle déjà ?

— Ah non, pas les samedis ! s'est objecté Anaïs. Je m'occupe de mon site, vous le savez, c'est sacré pour moi. Et puis, c'est une langue difficile, le mandarin. Danaé en sait quelque chose, elle qui subit à chaque leçon avec Mme Wang un véritable supplice…

— … chinois, n'est-ce pas ce que tu voulais ajouter, maman ? lui ai-je demandé, tentant moi aussi de mettre mon grain de sel dans cette conversation ridicule.

Imperturbable, Anaïs a ignoré ma plaisanterie et a continué de plus belle :

— Ma pauvre Alice, comment veux-tu apprendre les rudiments de cette langue en seulement deux mois ? Tu n'es pas sérieuse ! Achète-toi plutôt une méthode Assimil et tu pourras baragouiner quelques mots, faire des achats, demander des renseignements, que sais-je ! N'est-ce pas, Jean-Maurice ?

Ce dernier, toujours en état d'hypnose profond devant Tatie, n'a pas semblé relever la question. Il y avait mieux à voir qu'à entendre ! Alice s'apprêtait d'ailleurs à répliquer à sa sœur aînée lorsqu'un incident cocasse s'est produit : son cache-cœur, décidément très lâche, s'est défait sous nos yeux, dévoilant une poitrine que le souffle de la colère soulevait en un rythme saccadé. Jean-Maurice en est resté baba d'admiration, alors que tout le monde s'est esclaffé. Y compris Alice qui, en proie à un fou rire incontrôlable, tentait tant bien que mal de nouer les deux pans de son gilet autour de sa taille.

Ce fut le dernier acte de la soirée et l'heure du départ pour nos invités, à mon grand soulagement. Du moins, c'est ce que j'ai d'abord cru.

Car, juste avant de partir, papi André, inquiet de me voir si silencieuse durant presque tout ce temps, m'a fait signe de l'accompagner dans le bureau d'Anaïs pour me demander ce que je pensais de ce voyage. Enfin, quelqu'un qui voulait bien m'écouter!

Étonnamment, un véritable torrent s'est déversé d'un coup hors de moi. Impossible de me maîtriser. Perte de contrôle absolue.

—J'en ai marre, papi, vraiment marre! De la Chine, de la bouffe chinoise, du mandarin et de toutes vos histoires. Vous voulez vous payer «le voyage de votre vie». Du tourisme grand luxe! Voir la Grande Muraille, la Cité interdite, la place Tian'anmen, le Nid d'oiseau, et sûrement, puisqu'il s'agit d'un pèlerinage, l'orphelinat de Shaosan où Anaïs m'a recueillie bébé. Vous verserez tous quelques larmes vite séchées. Car, au fond, vous pensez que vous m'avez sauvée des eaux, comme Moïse l'a été! Moi, la pauvre petite orpheline abandonnée par des parents sans cœur… Achetée pour une dizaine de milliers de dollars… Et comme vous en êtes fiers!

Après le torrent, le geyser! Les larmes se sont mises à couler et ont bientôt mouillé mon visage. Papi s'est alors approché de moi et m'a prise doucement dans ses bras. Ma tête appuyée contre sa poitrine, je pouvais entendre son cœur battre la chamade tellement il était ébranlé, lui aussi. Je le devinais, je l'avais blessé avec mes mots très durs. Trop durs. Je m'en voulais. Énormément.

Après quelques instants de cette étreinte bienfaisante qui m'a sûrement évité de tomber dans les pommes, papi a tenté de me consoler en laissant parler son cœur comme jamais auparavant.

— Ma petite perle, oui, c'est vrai, nous sommes fiers de t'avoir parmi nous, mais pas pour les raisons que tu crois. Avant ton arrivée, la famille s'étiolait, les rencontres se faisaient plus rares, chacun vaquait à ses occupations sans vraiment se soucier des autres. Quand je t'ai vue la toute première fois, à l'aéroport, menue et fragile dans les bras d'Anaïs, j'ai flanché… Tu avais déjà vécu tant de choses depuis ta naissance. Tant de tourments et de peines… Pendant quelques minutes, j'ai pleuré, j'ai ri comme un fou, j'étais si heureux! Je ne pouvais plus me contenir. Je remerciais tout le monde, même le ciel! Dans mon cœur, j'ai su que tu étais le lien qui venait souder notre famille…

Papi, visiblement très ému, s'est arrêté un moment et en a profité pour se racler la gorge. Des larmes discrètes coulaient sur ses joues.

Est-ce cela que l'on appelle un moment de grâce ? Peut-être. Je n'ai pas saisi tout ce que papi m'a dit — me connaissant, j'aurai tout le loisir d'analyser et de soupeser chaque mot dans ma tête ces prochains jours —, mais j'en devinais le sens profond. La colère et la tristesse envolées, une bouffée d'amour est soudain montée en moi.

— Ah, papi d'amour, comme tu es merveilleux... snif... Vraiment merveilleux... snif, ai-je réussi à prononcer entre deux sanglots.

— Toi aussi, ma petite perle, tu es merveilleuse. Tu sais, ce voyage, c'est en quelque sorte un grand merci de la famille Savoie à la vie. Nous avons de la chance de t'avoir parmi nous et nous voulons célébrer ton anniversaire en t'accompagnant dans ce grand voyage de retour aux sources !

— André, où es-tu ? a interpellé une voix en provenance du vestibule.

Mamie...

— Oui, j'arrive, Jeanne, s'est écrié mon grand-père, qui s'est ensuite penché vers moi pour m'embrasser. Je dois partir maintenant, ta grand-mère m'attend. Nous reprendrons cette conversation un autre jour. C'est promis. En attendant, sèche tes larmes et va te reposer. Tu as assez vécu d'émotions pour ce soir.

••••

Je chasse mes souvenirs de la soirée d'hier et j'affiche un large sourire. Un truc pour me donner du courage quand j'ai le cœur et le moral qui battent de l'aile. Aujourd'hui, c'est samedi, et, comme d'habitude, Anaïs et moi consacrons notre journée à son blogue. « Notre » blogue, devrais-je plutôt dire, car j'y participe autant qu'elle, enfin presque.

Lorsque mes copines à l'école me posent des questions sur le blogue, je suis fière de pouvoir leur dire que 50 000 personnes uniques le visitent tous les mois. C'est énorme ! OK, c'est vrai, plusieurs de ces visiteurs aboutissent sur le site par accident, en faisant une recherche sur Google, par exemple, mais certains sont de vrais fans pour qui Anaïs ne ménage pas ses efforts. Durant la semaine, pendant que je fais mes devoirs, ma mère crée ses recettes, planifie les achats de nourriture et les longues séances photos du samedi, et commence à rédiger ses textes. Le samedi, ensemble, nous passons à l'action. Le dimanche, nous revoyons tout le contenu, puis

Anaïs met le nouveau matériel en ligne. Il faut croire que la formule plaît puisqu'en ce moment *Les délices d'Anaïs* caracolent en tête des blogues les plus *hot* au Québec!

Avant de créer ce site, ma mère a tenu un autre blogue pour faire connaître l'histoire de mon adoption en Chine. Rien de très original, il y en a des tas sur le sujet. Après quelque temps, elle a fini par se lasser et elle a alors orienté son site vers une autre de ses passions : la cuisine! Avec un penchant pour tout ce qui est chinois, vous vous en doutez bien! Le blogue s'appelle désormais *Les délices d'Anaïs*. Entre nous, nous disons simplement *Les délices*.

Bien que ce blogue lui gruge un temps fou, Anaïs s'y consacre avec passion. « C'est mon autre bébé », m'a-t-elle confié un jour. En plus des *Délices*, elle tient salon sur sa page Facebook, question d'alimenter ses centaines de fans qui en redemandent encore. Parfois, elle lance une discussion sur un sujet et, paf! des internautes lui répondent presque aussitôt. C'est rarement le calme plat et, si elle le pouvait, elle serait en ligne vingt-quatre heures sur vingt-quatre! C'est fou!

Pour ma part, eh bien, je dirais que si aujourd'hui je m'amuse avec ce blogue, c'est parce que j'ai su m'imposer auprès d'Anaïs, qui me considérait davantage comme une assistante. OK, j'avais tout à apprendre au début, mais après quelques mois, j'aspirais à monter en grade, et ça, ma mère ne semblait pas vouloir le comprendre. Notre collaboration a d'ailleurs failli mal se terminer le jour où, fatiguée de déplacer la fourchette près de l'assiette afin que « madame la photographe » puisse prendre le meilleur angle pour la photo, un *beauty shot*, j'ai piqué une méga-crise de nerfs. J'ai tout laissé en plan et j'ai couru jusqu'à ma chambre où j'ai claqué la porte. Du grand théâtre comme j'aime en faire à l'occasion. Après avoir laissé échapper un bruyant soupir derrière la porte close, où elle se tenait en tapant du pied depuis dix bonnes minutes, Anaïs a finalement acquiescé à ma demande : « D'accord, Danaé, tu as gagné, tu pourras utiliser l'appareil et faire tes propres photos. » Hourra !

Depuis ce jour, je me sens davantage partie prenante dans le développement du site auquel j'apporte ma touche perso. Ma copine Sido croit tout de même que je consacre trop de temps à ce blogue et que ma mère me tient pour ainsi dire prisonnière toutes les fins de semaine. Pour elle, passer ses samedis avec sa mère est une chose absolument « INIMAGINABLE ». Anaïs, toujours aussi grinçante lorsqu'elle parle des Dupont-Leblanc, pense pour sa part que, hormis leur passion du *shopping*, Sido et sa mère n'ont rien d'autre à partager. « Que le vide des apparences ! » dit-elle avec un certain mépris dans la voix. Bon d'accord, c'est son point de vue, mais pas le mien.

Parvenue au rez-de-chaussée, je me dirige vers le bureau de maman. J'espère qu'elle n'abordera pas la question du voyage en Chine, que je veux éviter à tout prix pour l'instant. J'ai besoin d'un peu de répit.

En pénétrant dans la pièce, j'entends en sourdine la voix lancinante de Benny Moré, un chanteur des années 1950 que les Cubains vénèrent. Un signe évident que l'humeur d'Anaïs est au beau fixe. Vêtue d'un jean saillant et d'une jolie blouse en lin aux manches bouffantes, ma mère est assise devant son ordinateur. Son parfum aux effluves de jasmin embaume les lieux. Devinant ma présence, elle se tourne et m'adresse son plus beau sourire. Comme elle est belle, ma mère, avec sa chevelure noire d'ébène, coupée à la Louise Brooks !

— Bonjour, ma chérie ! Je meurs de faim ! Des bagels de chez Folie Bagels, ça te dirait ?

Tu parles ! Anaïs la séductrice a encore frappé. Tant pis, je ne peux pas résister à une telle offre, d'autant que je n'ai presque rien mangé hier soir. Et ça, ma mère le sait très bien.

— Supergénial ! Une montagne de bagels avec du fromage à la crème et des fruits. Plus un mégachocolat chaud ! que je m'entends lui répondre.

— Oh là, là, mais c'est une ogresse qui se tient devant moi ce matin !

— Oui, et après, pour le lunch, je vais dévorer tous les *dumplings* à la vapeur qui débordent des chariots roulants de chez Tong Por !

Heureuse et probablement soulagée de me voir avec un si bel appétit, qui m'étonne moi-même, ma mère éclate de son beau rire cristallin et me fait signe d'approcher. Sans me faire prier, je me glisse entre ses bras pour la plus délicieuse des étreintes.

Voilà. Câlins et dims sums. Quand je me sens perdre pied, je me gave d'amour et de nourriture. Tant et aussi longtemps que je ne recommence pas à m'empiffrer puis à tout expulser aussitôt pour garder ma ligne, je suis tranquille...

Ma mère me repousse gentiment et se lève de son siège. La pause tendresse est terminée.

— Allez, Danaé, habille-toi! Nous partons dans cinq minutes. N'oublie pas d'apporter les sacs réutilisables pour l'épicerie. Prends tout ce qu'il y a. Pendant ce temps, je vais imprimer la liste d'épicerie.

Sans plus attendre, je grimpe quatre à quatre les marches de l'escalier jusqu'à ma chambre. J'attrape ma veste rouge et mon iPhone, puis je redescends à la cuisine chercher les sacs d'épicerie. Quand j'arrive dans le vestibule, ma mère m'attend déjà sur le pas de la porte. Destination : avenue du Mont-Royal, angle Saint-Urbain, chez Folie Bagels.

•—•

En règle générale, la journée se déroule comme suit :

9 h 30 — Départ pour le petit-déjeuner que nous prenons toujours à l'extérieur.

11 h — Arrivée au marché Jean-Talon et emplettes dans nos épiceries préférées.

13 h — Direction : Quartier chinois. Nous achetons les provisions manquantes puis nous mangeons dans un des restos.

15 h — Retour à la maison. Nous commençons à préparer les ingrédients pour les plats

qui seront au menu du soir et dont les recettes seront peut-être mises en ligne le lendemain si elles passent nos tests de goût!

16 h–18 h 30 – Ouf! C'est la folie furieuse! Nous cuisinons et prenons des photos de tous les plats : avant, pendant et après la préparation.

19 h – Nous nous mettons à table! Enfin!

Il y a parfois des variantes, mais c'est à peu près ainsi que se passent tous nos samedis depuis deux ans. Exception faite des vacances. Mais encore là, ma mère en profite toujours pour alimenter son blogue de photos et de recettes qu'elle glane au fil de ses rencontres. Armée de son Canon Digital Rebel dernier cri, elle mitraille sans répit les étals des marchés, les vendeurs en tout genre, les touristes en goguette et en « gougounes » et tous les mets appétissants qu'elle capte sous sa lentille. Je n'ose pas imaginer ce qui se produira lorsque nous serons là-bas, en Chine. Jamais elle ne me prêtera, ne serait-ce que quelques misérables secondes, le Canon pour faire des clichés de mon cru. Bof, de toute façon, la Chine, c'est son projet. Pas le mien!

Le début de la journée se déroule sans encombre. Pas un mot sur le voyage en Chine et la soirée de vendredi. Anaïs sait que je suis en train de digérer la nouvelle et continue de me ménager un peu. Tant mieux.

Après notre visite au marché Jean-Talon, comme prévu, nous nous rendons au resto de dims sums, rue de la Gauchetière, pour le lunch… OK, peut-être est-ce dû à mes gènes, mais je raffole presqu'à m'en rendre malade de tous ses petits pâtés présentés dans des plats de bambou. Ma mère, bien qu'elle ait horreur des écrans de télé géants et du décor vraiment kitsch du resto, se délecte autant que moi de ravioles aux pétoncles et de boules de crabe à la vapeur et se réjouit toujours lorsqu'elle reçoit l'addition. « Pas cher ! » répète-t-elle chaque fois au patron avec un sourire de satisfaction. Le resto idéal pour une personne qui veut faire des économies en prévision d'un long voyage, quoi !

Notre repas est déjà amorcé lorsque, entre deux bouchées d'un savoureux *dumpling* aux crevettes et au gingembre, le BlackBerry d'Anaïs se met à vibrer sur la table. La plupart du temps, elle se contente de regarder de qui provient l'appel ou le texto et éteint l'appareil afin que nous puissions déguster notre repas en paix. Mais là, contrairement à ses habitudes, elle répond tout de suite sans même regarder l'afficheur. « Allô ? Ah, Charles, c'est toi ! » Bon, bon, je suis fixée sur l'identité de son interlocuteur. C'est le nouveau vp du bureau. Il passe son temps à l'appeler pour un oui ou pour un non. À croire qu'il ne peut rien faire sans elle. Un vrai pot de colle, celui-là ! Elle fronce les sourcils et semble prendre très au sérieux les propos du vp. « Oui, oui, dit-elle. Tu n'y arriveras pas seul… Je comprends. » Bla, bla, bla, la conversation s'étire. Anaïs me sourit et me fait signe de patienter. Je continue de savourer mes petites bouchées en observant ma mère qui, après des minutes qui me paraissent une éternité, raccroche enfin. Non mais, quel culot, celui-là ! C'est samedi, après tout !

Elle s'excuse, me donne un baiser furtif sur la joue, et achève le contenu de son assiette de quelques coups de baguettes. Dès qu'elle a terminé, elle interpelle une serveuse afin qu'elle nous apporte du thé au jasmin. Durant tout ce temps, pas un mot n'est prononcé entre nous. Seuls le bruit de la vaisselle qui s'entrechoque dans la cuisine et la musique criarde qui s'échappe des haut-parleurs installés aux quatre coins de l'immense salle à moitié vide à cette heure de la journée accompagnent la fin de ce repas. Je connais trop bien ma mère pour ne pas savoir qu'il se trame quelque chose.

Une fois le thé servi, Anaïs, les sourcils froncés, rompt enfin son mystérieux silence.

— Danaé, je suis désolée, mais je dois aller au bureau pour aider un de mes patrons. Il vient à peine d'arriver, il ne connaît pas bien notre système informatique. Alors, il me lance un S.O.S. Je ne peux absolument pas lui refuser mon aide.

Tiens, tiens, ma mère bouleverse notre programme de la journée. Ça devient une vraie manie chez elle ! Je sens la moutarde me monter au nez encore une fois.

— Quoi ? Pourquoi il ne demande pas à quelqu'un d'autre ? Tu n'es pas la seule personne dans cette boîte qui peut lui donner un coup de main, non ?

Ma mère soupire. Elle sait qu'elle va devoir longuement justifier sa décision.

— Eh bien, si. Jacques, notre informaticien, est parti pour la fin de semaine et je suis la seule à connaître notre base de données. Charles, notre nouveau vice-président, doit faire une présentation lundi devant le conseil d'administration et il a besoin d'accéder à la base de toute urgence. J'en ai pour quelques heures, tout au plus.

— Tu ne peux pas le faire par téléphone, comme d'habitude ?

— Non, ce serait trop long. Il doit extraire un tas de données dans différents fichiers et les exporter dans Excel. Cette opération peut être très complexe pour une personne qui ne maîtrise pas bien l'informatique comme Charles.

Hein ? Est-ce vraiment si « complexe » de transférer des données d'un logiciel à un autre ? Non mais, il est vraiment nul, le vp !

— Tout de même, tu n'es pas sa secrétaire, que je sache.

Ma mère, les joues empourprées, me fusille du regard.

— Ne sois pas insolente, Danaé ! Tu es parfaitement au courant de mon rôle dans cette compagnie. Je t'ai déjà expliqué qu'en cas d'urgence il se peut que je doive me rendre au bureau la fin de semaine. Mon contrat d'embauche le stipule. Tu sais, Danaé, on n'occupe pas un poste de direction comme le mien sans qu'il y ait des contreparties au salaire versé et aux avantages sociaux dont tu bénéficies indirectement, dois-je te le rappeler, me sermonne-t-elle.

OK, elle sort l'artillerie lourde. Elle ne va pas s'en tirer comme ça. Je passe en mode contre-attaque.

— Et le blogue, alors ?

Holà ! La question qu'elle ne voulait surtout pas entendre ! Comme chaque fois qu'elle est mal à l'aise, ma mère se met à cligner rapidement des paupières. Après quelques secondes d'hésitation, elle ouvre enfin la bouche.

— Ma chérie, une fois n'est pas coutume, dit-elle en minaudant et en battant toujours des cils. Prenons un petit congé pour ce soir. Nous ferons le travail demain.

— Quoi ?! Mais qu'est-ce que c'est que ces chinoiseries ? Après deux années de travaux presque forcés pour ce blogue (j'en rajoute un peu pour faire de l'effet), tu décides de changer notre programme de la journée après un appel de ton vp. C'est toujours la même chose. Le camp de vacances, le voyage en Chine, c'est toujours toi qui décides. Mon opinion, tu t'en fiches complètement !

— Danaé, je t'en prie, sois raisonnable. Tu sais bien que je n'ai pas le choix. Ne me rends pas la tâche plus difficile. Allez, je te raccompagne à la maison. Je vais déposer les emplettes et prendre ma carte magnétique pour le bureau. Si tu veux, tu peux inviter Sido et commander une pizza pour vous deux.

C'en est trop. Je prends mon sac à main et me lève. Je me surprends moi-même par mon calme et mon aplomb. Pas de cris, pas d'étourdissements ni de scènes larmoyantes. Anaïs tente de déchiffrer mon comportement. Elle me fixe de ses grands yeux noirs interrogateurs, alors que ses paupières papillonnent sans arrêt.

— Pas nécessaire de me ramener. Je vais me promener un peu dans le quartier puis j'irai prendre le métro. J'enverrai un texto à Sido. Comme je ne la vois jamais le samedi, je ne sais pas si elle est libre. Sinon, j'irai au cinoche quelque part.

— Je préférerais que tu ne restes pas seule… Appelle papi et mamie si jamais ta copine n'est pas disponible.

— J'aurai bientôt seize ans, je ne suis plus une petite fille sans défense, que je lui réponds en martelant bien chaque mot. Tu peux partir tranquille. Ton patron t'attend. Bonne soirée !

Est-ce à cause de mon attitude plutôt inattendue et de mon ton péremptoire qu'Anaïs reste sans voix ? En tout cas, les mots semblent se dérober et lui faire défaut. Radieuse il y a un instant, elle a maintenant la mine déconfite et le sourire en berne. Jamais, au grand jamais, je n'aurais cru cela possible un jour : ma mère a perdu de sa superbe assurance !

Sans plus attendre, je tourne les talons et quitte le resto, laissant Anaïs seule à sa table.

CHAPITRE 3

Sido

L'air extérieur me fait du bien. D'un pas rapide, j'arpente la rue de la Gauchetière afin de m'éloigner du bruit et de la foule attirée dehors par la douce tiédeur de ce soleil d'avril. Je jette à peine un regard sur les passants et les étals des boutiques qui bordent la rue marchande, et poursuis ma route en direction du Quartier latin. Peu à peu, un fatras d'immeubles et d'hôpitaux se succèdent, donnant à cette rue un air lugubre et sans charme. À quelques reprises, mon iPhone vibre dans la poche de ma veste, mais je ne réponds pas. C'est sûrement ma mère. Je ne veux pas lui parler pour l'instant, je tente de retrouver mon calme. Un conseil de mon psy.

Je ne sais pas ce qui m'a pris de partir ainsi, mais il le fallait. Je ne peux plus supporter ma mère, et encore moins depuis l'annonce d'hier. Elle joue la mère poule et décide tout pour moi. Résultat, je deviens insolente avec elle et ça m'attriste beaucoup. J'aime Anaïs, mais je prends conscience que notre relation m'étouffe. Elle est si essentielle, si prenante, cette relation, que je me demande parfois qui je suis et ce que je veux, moi… Ma seule consolation : je n'ai pas eu de crise de panique, comme celle d'hier matin au petit-déjeuner, ni de crise de larmes, comme avec papi hier soir. Mais ce n'était peut-être qu'une question de secondes…

Je suis plongée dans mes réflexions lorsque mon cell s'agite de nouveau. Cette fois, je décide de répondre. C'est Sido.

— Désolée pour hier soir, je n'ai pas pu te renvoyer un texto parce…

Sans prendre la peine de l'écouter, je lui coupe la parole.

— Sido, tu es libre ce soir ?

— Quoi, qu'est-ce que tu dis ? Tu n'es pas avec ta mère ? D'habitude, à cette heure, vous êtes toutes les deux en train de vous démener pour ce blogue.

— Je n'ai pas envie de tout t'expliquer maintenant. Tu es libre ou pas ?

— Si, si, viens tout de suite si tu veux. Mes parents sont sortis pour la soirée. On pourra parler tranquillement sans être dérangées.

— Cool, je prends le bus et j'arrive !

•—•

Les Dupont-Leblanc habitent un quartier huppé de la ville, au sommet de la Côte-Sainte-Catherine, dans un cottage jumelé, en pierre. De l'extérieur, la maison paraît plutôt modeste comparativement aux splendides demeures avoisinantes. Mais une fois à l'intérieur, quelle merveille !

À peine ai-je appuyé sur la sonnette que la lourde porte en bois sculpté s'ouvre devant moi. À croire que Sido se tenait juste derrière. Mon appel l'a inquiétée, c'est évident.

— Oh, ça n'a pas l'air d'aller fort, ma cocotte, me lance-t-elle en guise de bienvenue. Entre vite. Je nous ai préparé de quoi nous rassasier avant le souper.

Elle me débarrasse de ma veste et me conduit aussitôt au salon, où je me jette sans plus attendre sur l'immense canapé en L. Malgré la saison, Sido, toujours attentive aux menus détails, a pris la peine de faire un bon feu dans la cheminée. Une ambiance tout à fait propice aux confidences… De retour de la cuisine, ma copine dépose sur la table basse deux tasses de chocolat chaud à la guimauve, ainsi qu'une assiette remplie de biscuits à l'avoine, et vient s'asseoir près de moi.

Pour lui faire plaisir, je bois quelques gorgées de chocolat chaud, mais je suis incapable d'avaler une seule bouchée des biscuits, que j'aurais dévorés en temps normal.

Sido, qui n'a touché ni à sa boisson chaude ni aux biscuits — contrairement à moi qui joue au yo-yo avec mon poids, elle surveille en permanence le nombre de calories qu'elle ingère afin de maintenir une ligne parfaite —, me presse tout de suite de questions.

— Alors, dis-moi, tu t'es encore querellée avec ta mère, c'est ça, hein ? Qu'est-ce qui ne va pas entre vous, à la fin ?

— Tu le sais bien. Tu la connais, ma mère. Elle en fait toujours à sa tête. Moi, ce que je pense, elle s'en fout royalement !

— Danaé, arrête de me répéter toujours la même rengaine et dis-moi ce qui s'est passé avec ta mère pour que tu atterrisses chez moi dans cet état. Un samedi, en plus !

Je déteste quand Sido prend ses airs de mère supérieure avec moi. D'habitude, je ne me gêne pas pour la remettre à sa place, mais là, je n'en ai vraiment pas la force. Je vais donc droit au but.

— Anaïs a décidé d'annuler notre séance photos pour le blogue. Nous avions fait les courses, comme toujours, et là, au beau milieu de la journée, son vp l'a appelée pour qu'elle vienne lui donner un coup de main au bureau. Un samedi, tu parles! Si ça continue, elle va devenir son esclave!

— Danaé, n'exagère pas. Ta mère est loin d'être une esclave. Elle doit sûrement y trouver son compte.

Je ne sais pas pourquoi, mais j'ai l'impression que Sido me cherche des poux.

— Que veux-tu insinuer au juste?

— Tu m'as déjà dit toi-même que ta mère accordait beaucoup d'importance à son boulot et qu'elle travaillait sans arrêt. En plus, tous ses moments libres, elle les passe à tenir son blogue. Ce n'est pas vraiment jojo, sa vie…

— Parlons-en, de ce blogue! Ça fait deux ans que je me décarcasse pour ma mère, et là, d'un seul coup, paf! elle annule tout.

— Alors, ça, ma cocotte, c'est une bonne nouvelle!

— Qu'est-ce que tu me racontes? Tu es folle ou quoi?

— Je me suis toujours demandé pourquoi tu acceptais d'aider ta mère sans trop te plaindre.

Après tout, c'est son blogue, pas le tien! Tu as peut-être autre chose à faire que de servir d'assistante pour d'interminables séances photos ou de dégustatrice pour les plats qu'elle prépare. C'est rigolo au début, mais après un certain temps, on s'en lasse. Non mais, tu vas bientôt avoir seize ans, Danaé, tu n'es plus une fillette qui vit dans les jupes de sa mère. Tu as le droit d'avoir tes propres rêves, de faire ce dont tu as vraiment envie.

Même si ses propos me déplaisent, je dois admettre que Sido frappe en plein dans le mille. Il serait temps que je pense un peu à moi. Le problème, c'est que, si on me demandait de quoi j'ai envie au juste, eh bien, je serais incapable de répondre. Pas de doute, il faut que je réfléchisse sérieusement à cette question.

— Et puis, les blogues, c'est *out*!

Les mots de Sido la Rousse claquent comme un fouet dans ma tête et attisent ma colère. Je ne vais tout de même pas lui laisser dire n'importe quoi sur Anaïs et moi.

— C'est peut-être *out* pour toi, mais pas pour les milliers de visiteurs qui fréquentent *Les délices*! Et toi, que fais-tu de si intéressant le week-end? Du sport, du magasinage, du clavardage et des sorties ici et là avec les copains. Pas super originale, ta vie, Sido. Du copié-collé chaque fin de semaine. Moi, vois-tu, pendant que tu t'amusais ces deux dernières années, j'ai appris à faire des photos, à créer un site et même à cuisiner avec ma mère. Peux-tu en dire autant ?

Un peu secouée, Sido, qui n'aime pas se quereller ni en dévoiler trop sur elle-même, opte pour la voie du compromis. Se rapprochant de moi sur le canapé, elle me prend la main et adopte cette fois un ton plus doux pour me parler :

— Ma cocotte, arrête de t'emporter comme ça ! Je voulais simplement t'aider à y voir plus clair, c'est tout. Tu peux peut-être continuer à donner un coup de main à ta mère de temps en temps, mais tu peux aussi commencer à songer à tes propres projets.

— Quels projets ? Je n'en ai plus aucun maintenant ! Le seul projet qui me tenait à cœur, et tu le sais très bien, c'était notre voyage à Vancouver cet été. Pour la première fois de ma vie, j'allais enfin pouvoir voyager avec ma *best* sans que ma mère soit dans les parages. Mais non ! Elle en a décidé autrement !

— Eh bien, moi, j'en ai, des projets! m'interrompt Sido qui n'a pas l'air de vouloir entendre mes lamentations plus longtemps. Samedi prochain, j'organise un party chez moi pour fêter mon seizième anniversaire. Mon premier party à vie! Évidemment, tu es ma première invitée. Il y aura un tas de monde de l'école…

— Wow! que je m'exclame, avant de me rembrunir presque aussitôt. Mais je ne crois pas que ma mère voudra…

— Qu'est-ce que tu en sais, Danaé? Commence d'abord par lui poser la question. Tu verras bien. Tiens, pour la convaincre, j'ai même une idée géniale qui va sûrement te plaire à toi aussi : dis à ta mère que je t'ai demandé de préparer le buffet. Après deux ans de popote *non-stop* dans la super cuisine de ta mère, tu devrais pouvoir confectionner des canapés et des petits plats pour toute la bande, n'est-ce pas? Prépare une liste d'épicerie pour une quarantaine de personnes et apporte-la-moi à l'école cette semaine. Je dirai à ma mère d'acheter tout ce qu'il faut pour notre petite fête. Samedi prochain, tu arriveras tôt le matin à la maison, et on fera le travail ensemble. Je serai ton assistante, car moi, tu sais, je suis vraiment nulle dans une cuisine!

Alors, ça, c'est du Sido tout craché! Toujours prête à désamorcer les drames qui se tramet autour d'elle et à voir le côté positif des choses. Je l'envie d'avoir une nature si joyeuse et si pétillante. Sa part d'ombre, elle la cache au plus profond d'elle-même. Lumineuse Sido. Ombrageuse Danaé. La paire d'opposées...

— Alors, tu ne dis rien? m'interroge Sido, toute fière de sa trouvaille.

Que puis-je lui répondre? Je ne m'attendais pas à une telle proposition. J'avoue que l'idée m'emballe. Il faut que je puisse en parler à Anaïs très rapidement.

— Sido! Ton idée est super cool! J'accepte! que je m'entends lui répondre, le cœur battant. Je ne sais pas ce que ma mère dira, mais je suis prête à tout pour la convaincre de me laisser venir à ton party. Et puis, c'est ton seizième anniversaire. Pour rien au monde je ne voudrais rater cet événement!

— Yé! s'écrie Sido en se levant brusquement du canapé. Tu verras, on va s'amuser comme des folles. Avec ton joli nez retroussé, tes yeux en amande et tes beaux cheveux noirs, ça ne m'étonnerait pas que tu fasses quelques conquêtes lors de cette soirée.

— Il y aura des garçons, alors ?

— Danaé, tu es naïve ou quoi ? Bien sûr qu'il y aura des garçons ! Je ne t'invite pas à un party-pyjama entre filles comme lorsque nous avions douze ans, avec les vernis à ongles, les chips, le pop-corn et les batailles d'oreillers. C'est fini, tout ça ! Tu vas te maquiller et t'habiller sexy pour l'occasion. Tu as bien dans ta garde-robe d'autres vêtements que des jeans et des t-shirts Billabong. Sinon, je pourrai sûrement dénicher quelque chose pour toi dans ma penderie. J'ai des chaussures violettes à talons hauts qui iraient à ravir avec ma robe fuchsia. Avec une écharpe jaune nouée à ton cou, tu auras des allures de vamp asiatique !

À écouter Sido, je vais ni plus ni moins ressembler à un fantasme sur deux pattes. Beurk ! J'ai horreur de tous ces clichés sur les femmes asiatiques à la fois soumises et inaccessibles. Et puis, je ne suis pas une femme-objet qui s'habille uniquement pour plaire aux garçons, comme tant de filles à l'école. J'adore mes jeans et la marque Billabong ! Anaïs m'a toujours répété qu'il était important que je développe mon propre style. Moi, je suis plutôt du genre romantique, alors que Sido est plus *glam* et plus sexy que moi. D'ailleurs, lorsque je sors, peu importent les occasions, ma mère m'interdit de m'habiller de façon trop provocante. Si je mets trop de maquillage, elle ne manque jamais de me le faire savoir. Alors, pour éviter l'affrontement constant avec elle, je me maquille toujours légèrement et j'apporte ma mini trousse de beauté dans mon sac à main. Pour le party, il faudra que je joue d'astuces afin que ma mère ne remarque rien de spécial dans mon allure.

— On verra. Je ne suis pas sûre de vouloir ressembler à une vamp, comme tu dis.

— Ce n'était qu'une suggestion, me dit Sido, qui en profite pour se rasseoir près de moi et, ô surprise, s'emparer d'un biscuit à l'avoine. Tu t'habilleras bien comme tu le voudras, Danaé.

Tout en continuant de la regarder manger son biscuit qu'elle grignote à petites bouchées, je lui pose enfin la question qui me brûle les lèvres depuis tout à l'heure.

— Quels garçons as-tu invités à ton party ?

— Eh bien, la liste est longue et fort intéressante… me lance-t-elle avec un air coquin et mystérieux.

— Arrête de me faire languir et donne-moi quelques noms.

Pas pressée pour deux sous, Sido termine son biscuit, prend ensuite une serviette de table et s'essuie doucement la bouche à la commissure des lèvres. Sapristi, on dirait qu'elle vient de faire un festin. Je parie qu'elle en mange rarement. Si j'avais eu de l'appétit, je l'aurais dévoré en moins de deux, ce biscuit.

—Eh bien, parmi ceux que tu connais déjà, il y aura Simon Latour-Lajeunesse, Miguel Aubin, tu sais, le copain d'Annabelle, Alex Dandurand qui, lui, viendra sûrement avec Guillaume...

Bien calée dans le canapé, je me raidis soudain. Mon cœur se met à cogner si fort dans ma poitrine que j'ai du mal à garder mon calme.

—Guillaume? Lequel? que je lui demande, en feignant mal un air d'indifférence.

À ma question, Sido éclate d'un rire qui retentit dans toute la pièce. Même Mata Hari, la grosse chatte grise qui ne s'était pas encore manifestée jusque-là, sort de sa cachette et s'enfuit hors du salon. Renfrognée dans mon siège et particulièrement irritée, j'attends que Sido cesse de rire comme une folle et me donne une réponse que je crois déjà connaître.

—Tu sais très bien de qui je parle, Danaé. Guillaume Ladouceur. Je sais qu'il t'intéresse depuis un bon bout de temps, mais ni toi ni lui n'avez le courage de faire les premiers pas. Alors, je me propose de vous donner un petit coup de pouce.

Je reconnais bien là la fille de son père, M. Louis-Paul Leblanc, agent d'artistes, toujours prêt à vous organiser une rencontre, à vous mettre en contact avec quelqu'un quelque part ! N'empêche que j'aimerais bien savoir comment elle a pu deviner mon attirance pour Guillaume. Car jamais je ne lui ai confié quoi que ce soit à ce sujet. De peur qu'elle se moque de moi. Ou qu'elle en parle à tout le monde. Même à Guillaume. L'angoisse !

— Comment sais-tu qu'il me plaît ? Tu ne m'as jamais vu lui parler.

— Mais ça crève les yeux, ma cocotte. Sans t'en rendre compte, tu t'exprimes beaucoup avec ton corps. Dès que tu passes près de lui à l'école, tu le regardes toujours à la dérobée. Lorsque, à son tour, il risque un coup d'œil vers toi, alors tout de suite tu détournes la tête. C'est comme un jeu qui n'en finit plus entre vous.

— Je ne l'ai jamais vu me regarder.

— Évidemment ! Puisque chaque fois que vos regards se croisent, tu prends tes jambes à ton cou. Annabelle l'a remarqué, elle aussi.

Annabelle! Et qui d'autre encore? Je crois bien que mon béguin pour Guillaume est un secret de polichinelle à l'école. Et moi qui pensais savoir dissimuler mes réactions! Eh bien, c'est raté. Sido est meilleure que moi sur ce plan. Une partie de moi-même m'échappe et ça m'effraie!

— Et que sais-tu d'autre à propos de Guillaume?

— Rien que je ne t'ai pas dit, marmonne-t-elle en éludant ma question. Alors, fonce! Profite de l'occasion pour faire sa connaissance.

— Je ne pense pas qu'il s'intéresse vraiment à moi. Regarde toutes ces filles qui papillonnent autour de lui. Il a l'embarras du choix. Et au party, samedi, ce sera la même chose.

— Arrête de te poser des questions et de faire un tas de suppositions, Danaé. Sois un peu plus spontanée. Et maintenant, allons à la cuisine. Ma mère a préparé mon plat préféré : une lasagne tout à fait décadente à la sauce bolognaise que je dois mettre au four! À bas les calories pour ce soir!

— Tu parles! Allons-y!

•◆•

En fin de soirée, ma mère est venue me chercher chez Sido. Morte d'inquiétude, elle avait tenté de me joindre à plusieurs reprises sur mon iPhone, que j'avais laissé dans la poche de ma veste dans le placard sous la cage de l'escalier. Finalement, sur les conseils de papi, elle a appelé chez ma copine.

Dans la voiture, après m'être fait sermonner vertement, j'ai respiré à fond, puis j'ai pris mon courage à deux mains pour lui annoncer, d'un seul jet, que je ne désirais plus l'aider toutes les fins de semaine pour le blogue et que, samedi prochain, j'irais chez Sido pour son anniversaire. Que ma copine m'avait demandé de préparer le buffet et que, pour plus de commodité, je dormirais chez elle après la fête.

Contre toute attente, ma mère n'a rien dit. Au passage d'un véhicule en sens opposé dont les phares éclairèrent le nôtre, j'ai pu apercevoir des larmes qui coulaient sur son visage. Après quelques minutes d'un lourd silence, elle s'est tournée vers moi et m'a souri. Une façon pour elle de me signifier son accord. Lorsque nous avons franchi le pas de la porte de notre triplex, j'ai serré ma mère dans mes bras et lui ai demandé de me pardonner pour tous les soucis que j'avais pu lui causer aujourd'hui. J'espère que nous nous sommes enfin réconciliées...

·-·

27 avril
Chère Anaïs, je t'aime… malgré tout ce que je peux
dire… et faire. Tu es ma maman de cœur…

CHAPITRE 4

Les leçons de Mme Wang

En tête de liste de mes priorités, il y a maintenant l'organisation du buffet pour l'anniversaire de Sido et… la rencontre de Guillaume samedi prochain. J'ai déjà remis ma liste d'épicerie à ma copine et commencé à songer à l'ordre de préparation des bouchées et des plats qui seront au menu. Je pense aussi aux vêtements que je porterai pour l'occasion, mais je n'ai encore rien décidé. Ouf! Et moi qui croyais n'avoir aucun projet. Quel revirement de situation! D'accord, Anaïs me boude un peu pour le site, mais elle me donne tout de même un coup de main pour la planification du buffet.

En attendant de vivre cette formidable journée, j'ai d'autres chats à fouetter. Tous les jeudis, depuis septembre, je prends des leçons de mandarin chez Mme Wang, qui habite un vaste appartement de la rue de la Montagne. Sous la recommandation d'une amie qui a elle aussi adopté une petite Chinoise, ma mère, qui mijotait sûrement ses plans de voyage, a décidé de m'inscrire à ses leçons de mandarin. Un véritable calvaire pour moi. Parce que je n'ai pas choisi d'apprendre cette langue, la motivation n'est pas au rendez-vous et Mme Wang le constate à chaque leçon. Pourtant, elle persiste à m'accueillir chez elle après l'école comme si de rien n'était.

Mme Wang est vieille. Peut-être a-t-elle déjà été belle dans sa jeunesse. Mais il ne reste plus de trace de cette beauté. Sur son visage ridé comme une pomme ratatinée, elle a dessiné au crayon noir de fines lignes qui remplacent des sourcils désormais inexistants. Ses cheveux, noués en chignon, sont clairsemés et striés de fils blancs et argentés. Veuve, elle s'habille toujours de noir. Avec son air sévère et ses doigts déformés par l'arthrite, qui tremblent et s'agitent en tous sens, Mme Wang m'effraie parfois lorsqu'elle me demande de répéter un mot que je n'arrive pas à bien prononcer. Ce qui ne manque jamais de se produire des dizaines de fois par leçon. Mais Mme Wang possède une qualité inestimable : la patience.

Comme toujours, à mon arrivée, elle me sert d'abord le thé, le « 茶 chá », selon un rituel typiquement chinois appelé le «工夫茶 gōngfū chá», ou temps du thé. Sur une belle table massive en acajou, dans un coin du salon, Mme Wang dépose pour chacune de nous un bateau en lattes de bois percées, le «茶盤 chápán», d'où s'écouleront l'eau de rinçage et le thé. Sur chaque bateau reposent une théière, la «壺/茶壺 cháhú», en terre cuite finement ouvragée, ainsi que deux tasses minuscules sans anse. Le rituel se déroule selon des règles bien précises que Mme Wang connaît parfaitement : d'abord, elle réchauffe la théière avec de l'eau chaude qu'elle jette aussitôt dans le bateau. Elle infuse ensuite les feuilles de thé dans la théière afin de les nettoyer de toute impureté, puis elle rejette l'eau de rinçage dans le bateau. Elle remet de l'eau chaude dans la théière, dont elle asperge aussi l'extérieur afin de la garder bien chaude. Après une dizaine de secondes, le thé est prêt à être versé dans la première tasse, la «聞香杯 wénxiāngbēi», haute et étroite, pour en humer les parfums – sublimes parfois ! –, puis dans la seconde, la «茶杯 chábēi», petite et ronde, pour être bu en trois gorgées. Ensemble, en silence, nous buvons à notre rythme et pouvons infuser les mêmes feuilles, qui se seront déployées au maximum, au moins trois ou quatre fois. Selon mon état, Mme Wang, toujours perspicace, sait exactement quel thé me convient : un Wulong au ginseng pour relever mon niveau d'énergie, un Long Jing pour me désaltérer, ou encore un Pu Er pour faciliter mon sommeil. Mme Wang a une théière pour chaque type de thé ! Car, selon elle, « la théière possède une mémoire qu'il faut préserver ».

J'aime ce moment de calme et de détente qui me transporte hors du quotidien. Mme Wang dit que le thé apaise les passions et rétablit l'harmonie en soi. Je crois qu'elle a raison puisque chaque fois que j'en bois, la boule d'angoisse logée dans mon plexus solaire disparaît pendant quelques instants. Il faudrait que je prenne l'habitude de boire du thé plus souvent qu'une fois par semaine. Mais le thé est une denrée rare à la maison, car Anaïs, grande consommatrice de café, en achète peu. Et son amour de la Chine et de sa culture ne semble pas avoir entamé cette passion. Je demanderai à Mme Wang combien me coûterait tout le matériel afin que je puisse en faire l'achat…

Après la cérémonie de thé, nous nous dirigeons vers le bureau de Mme Wang pour la leçon de mandarin, qui dure environ deux heures. Comme le salon, la pièce est chargée d'un lourd mobilier en bois sculpté qu'elle et son défunt mari ont emporté avec eux lorsqu'ils ont quitté la Chine précipitamment. Aux dires de ma mère, M. Wang, un riche marchand de thé, était un militant opposé au régime communiste. Dénoncés par un voisin, les Wang ont fui leur pays et se sont d'abord installés aux États-Unis, puis ils sont venus s'établir à Montréal à la suggestion d'un cousin. Les Wang ont longtemps tenu un salon de thé chinois dans le Vieux-Montréal. Depuis la mort de son mari, il y a cinq ans, Mme Wang se consacre maintenant à sa passion : l'enseignement.

Le mandarin est une langue difficile. Mme Wang m'a dit la vérité dès le départ ; qu'au rythme d'une fois par semaine, je ne devais pas m'attendre à parler le mandarin de sitôt et encore moins à pouvoir tenir une conversation. Qu'avec 8 000 caractères à apprendre, dont 4 000 utilisés fréquemment, je devais m'armer de patience si je voulais ne serait-ce que lire le journal. Qu'il me serait ardu de maîtriser les multiples tonalités qui distinguent un mot d'un autre. Tout au plus, me certifiait-elle, je détiendrais après une année certaines bases qu'il m'appartenait d'entretenir tous les jours en lisant, en écrivant, en écoutant la radio et la télé, et en tenant un journal intime, par exemple. «Bon, d'accord, autant m'arrêter tout de suite, me suis-je dit après la première leçon. Déjà que j'y vais à reculons…» Mais avec une mère comme la mienne, il n'en était pas question. Obligation stricte de persévérer, ne serait-ce qu'une année. Maxine, une de mes copines de Chine qui fait partie de notre cercle des yeux bridés, qui se réunira en mai, a piqué une mégacrise de nerfs pour obliger ses parents à annuler ses leçons de mandarin. Finalement, toute la famille s'y est mise, sauf elle. Comme je compatis!

Encore aujourd'hui, c'est l'enfer! Je ne comprends rien de rien à ce que Mme Wang tente de m'expliquer en mandarin. En fait, j'ai la tête ailleurs et je ne pense qu'à lui: Guillaume… Je ferme les yeux, il est là. Je les rouvre: il est encore là. De jour comme de nuit, il occupe tout mon esprit depuis samedi dernier. À l'école, dès que je l'aperçois, en classe ou dans un corridor, mes mains deviennent moites, ma gorge se dessèche et je me mets à trembler de la tête aux pieds. Devant une crise de panique imminente, je n'ai d'autre choix que de me replier dans ma coquille ou de prendre la fuite, selon le cas. Que va-t-il se passer samedi lorsque je me retrouverai en sa présence, au milieu de la bande d'invités ? Vais-je m'évanouir ou encore m'enfuir à toutes jambes ? Il faut que je puisse en parler à quelqu'un. Mais qui ? Ma mère ? Sûrement pas. Sidonie ? Peut-être. Je vais lui envoyer un texto dès que la leçon sera terminée…

— Danaé ! m'interpelle Mme Wang, qui s'exprime dans un français impeccable, mais plutôt marrant, du genre sujet-verbe-complément. Concentrez-vous. Nous travaillons sur les présentations. Elles pourraient vous être utiles très bientôt.

Que veut-elle insinuer ? Est-elle au courant, elle aussi, de ce satané voyage en Chine ? Anaïs lui en a probablement glissé un mot.

— Faites un effort, Danaé. Reprenons l'exercice de la semaine dernière. Présentez-vous à moi.

Sapristi ! Je ne me souviens plus de rien. Comme je ne pratique pas tous les jours le mandarin, j'oublie presque tout d'une leçon à l'autre. Est-ce un blocage psychologique, comme le croient ma mère et mon psy ? Une façon de renier mes origines et mes souvenirs de cette langue entendue durant les six premiers mois de ma vie ? J'en ai marre de me poser ce genre de questions ! Et si je n'en avais tout simplement pas envie ? Un truc d'ado, point, comme dirait aussi ma mère…

— 你好 Nǐ hǎo ! (Bonjour !) parviens-je enfin à prononcer.

— Nǐ hǎo, me répond Mme Wang, qui me fait signe de continuer en plissant les yeux et en hochant la tête.

— 你好吗 Nǐ hǎo má ? (Comment allez-vous ?)

— 很好谢谢你呢 Hěn hǎo xiè xiè nǐ nà ? (Bien, merci. Et toi ?)

— 我也很好 Wǒ yě hěn hǎo. (Je vais bien aussi.)

Pendant une bonne heure, nous révisons les présentations. Mme Wang corrige les sons sur lesquels je bute sans cesse et me fait répéter, encore et encore. Je suis épuisée, mais la leçon est loin d'être terminée. La seconde partie, qui me plaît davantage, est consacrée à la calligraphie, un art que Mme Wang maîtrise à la perfection, malgré ses doigts crochus.

Délaissant la craie et le tableau, elle installe sur l'immense table de son bureau de longues feuilles de papier blanc sur lesquelles nous tracerons au pinceau et à l'encre noire de magnifiques caractères. Comme toujours, c'est elle qui commence. D'un geste rapide et précis, elle peint avec grâce des traits qui composent chacun un caractère qu'elle place l'un à côté de l'autre. À la chinoise ! Après avoir transcrit trois caractères, elle m'en demande la signification. Aïe ! Tout un défi !

达娜伊

Avec application et concentration, je lis un à un les trois caractères et tente d'en déchiffrer le sens. Des sons émergent dans ma tête. Dá... nà... Yī... Da na é, c'est mon prénom... Mme Wang vient d'écrire mon prénom !

Doucement, je lève les yeux vers Mme Wang, qui me regarde avec tendresse. Puis, comme les nuages qui recouvrent le ciel avant la tempête, une peine m'envahit. Calmement, mais intensément. Dans ces trois caractères, il y a tant de choses... Une langue que j'ai de la difficulté à maîtriser et qui m'échappe, des racines qui sont miennes et que je tente de fuir, et une nouvelle vie... Tout se superpose et s'entremêle dans ma tête. Avec trois symboles, Mme Wang a visé en plein dans la cible, au cœur de mon questionnement... Le sait-elle ?

Je crois que oui. Debout derrière la table, le pinceau dans la main gauche, elle m'observe de son regard curieux et intelligent. Soudain, elle me tend le pinceau. Elle m'invite à écrire. Quoi au juste, je ne sais pas. Sans réfléchir, je me lève et saisis l'objet entre mes doigts.

La feuille blanche immaculée devant moi, je reste un bon moment immobile sans savoir quoi écrire. Lentement et avec difficulté, je commence à tracer à l'encre noire les traits verticaux, obliques et horizontaux de chaque caractère que je tente d'exprimer. Après quelques minutes d'effort, Mme Wang s'avance pour voir de plus près ce que j'ai écrit. Je suis aussi étonnée qu'elle du résultat.

达娜伊 阿耐斯 的女良

Après avoir lu les caractères, elle se tourne vers moi et esquisse un sourire. Nul besoin de lui en dire plus. Mme Wang, ma complice silencieuse, a tout compris. Merci, Mme Wang.

•••

Lors d'une séance particulièrement houleuse, mon psy m'a dit que tout ce qui s'obstinait à demeurer dans l'ombre pouvait apparaître brusquement à la conscience sans prévenir. C'est ce qui s'est produit avec Mme Wang aujourd'hui. Je n'ai pas pleuré, je ne me suis pas effondrée, j'ai seulement écrit ces mots : Danaé, fille d'Anaïs. Puis, tout m'est apparu avec clarté : mes racines sont chinoises, mais je me déploie dans un autre monde auquel j'appartiens maintenant. Celui d'Anaïs et de toute la tribu des Savoie…

Je commence à croire que les leçons de Mme Wang me sont plus profitables que les rencontres avec mon psy !

·–·–·

Après la leçon, ma prof me raccompagne jusqu'au vestibule et me salue en mandarin :

—再见 zài jiàn ! (Au revoir !) me dit-elle.

—下回见 xià huí jiàn ! (À la prochaine !) lui réponds-je fièrement.

Ouf ! J'ai survécu à une autre leçon de Mme Wang.

·–·–·

À l'extérieur, une brise fraîche de mai m'accueille. Le soleil brille toujours à cette heure, mais ne réchauffe plus guère l'air ambiant. Comme je suis bien vêtue, je décide de faire une partie de mon trajet à pied, question de m'aérer l'esprit et de me dégourdir les jambes. Un rituel que j'apprécie beaucoup après ma leçon de mandarin chez Mme Wang. Tout en marchant en direction de la rue Sherbrooke, où j'adore déambuler en léchant les vitrines des boutiques chic, je rallume mon cell que j'avais fermé pendant la leçon. Trois messages : un de papi, un d'Anaïs, puis un autre de Sido. Je rappelle d'abord ma mère, qui m'annonce qu'elle ne sera pas à la maison avant 20 heures et qu'il y a de quoi me sustenter au réfrigérateur. J'imagine qu'elle fait toujours la bonniche pour son vp. Son blogue va en pâtir, d'autant que samedi, je ne serai pas là pour l'aider. Il me fatigue vraiment, ce bonhomme ! Je donne ensuite un coup de fil rapide à papi qui, prévenu par Anaïs, m'invite à manger avec mamie et tatie Alice. Je décline *presto* son invitation, car je veux pouvoir parler tranquillement à Sido de ce qui me préoccupe avant de rentrer à la maison et de faire mes devoirs. Pauvre papi ! Avant, j'aurais accepté sans hésiter, mais maintenant, j'ai mes projets. Papi me fait tout de même promettre de le rappeler plus tard, car il veut absolument que nous poursuivions notre discussion de la semaine dernière. Franchement, je n'ai pas envie de reparler du voyage en Chine pour le moment.

« Peut-être un autre jour… », lui dis-je pour conclure. Après lui avoir soufflé une bise, je raccroche et compose avec fébrilité le numéro de Sido. Par chance, elle me répond tout de suite :

— Excuse-moi, Danaé, mais je n'ai pas le temps de te parler maintenant. Je dois me rendre à l'école de cirque pour mon cours à 18 h 30. Ma mère m'attend. On se reparle à l'école demain, OK ?

Ah oui, j'oubliais. Sido s'initie aux différentes techniques du cirque depuis cet automne. Pendant deux heures, elle jongle, saute sur un trampoline, glisse sur un fil dans les airs, et tout plein d'autres trucs du genre. Elle adore s'élancer dans le vide avec une corde, m'a-t-elle confié, les yeux verts pétillants. Vraiment pas mon truc ! Rien que d'y penser, ça me donne le vertige !

— Tu m'as laissé un message sur mon cell après les cours. Tu ne t'en souviens pas ? que je lui demande, avec un brin de déception dans la voix.

— Ah oui ! Écoute, j'ai su entre les branches que Guillaume ne viendrait peut-être pas à mon party…

Sous l'effet de la surprise, je m'arrête soudain de marcher.

— Quoi ? Il ne sera pas là ?…

— Pas de panique, ma cocotte. Je vais m'organiser pour qu'il soit là. En fait, ce n'est pas lui que j'avais invité, mais son copain Alex, qui ne va jamais nulle part sans Guillaume. Demain, dès que je le vois, je l'invite à mon party. Je te tiendrai au courant, ne t'inquiète pas. Allez, ma cocotte, je dois y aller. À demain !

•-•-

De retour à la maison, j'ai le cœur gros. Anaïs n'est pas là pour m'accueillir, alors que j'aurais tant besoin d'elle en ce moment.

Je me dirige, l'âme en peine, vers la cuisine. Dans le frigo, je trouve le plat que ma mère a préparé pour moi. Sur le comptoir de l'îlot central, elle a laissé une note rédigée à la plume de sa belle écriture ample et déliée.

Danaé chérie, désolée de ne pas être là ce soir. Pour toi, ces rigatonis que j'ai cuisinés avec amour. Rendez-vous demain sans faute pour notre petite soirée en tête à tête.
Bisous, Anaïs

Les mots si tendres de ma mère me consolent un peu de son absence. J'avale sans faim les

rigatonis à la sauce tomate, un de mes mets pré-
férés d'ordinaire, puis je monte à ma chambre.
J'ouvre mon ordinateur et écris spontanément
les mots qui me viennent à l'esprit :

2 mai
Cher Anonymouse,
Guillaume, un garçon que je ne connais même pas, me
cause déjà bien des tourments. Suis-je anormale ou bien
toutes les filles du monde éprouvent-elles comme moi des
doutes et des craintes par rapport à leurs sentiments ? Des
sentiments qui ne sont peut-être même pas partagés…
Est-ce ça, l'amour ? Si c'est ça, eh ben, je ne suis pas sûre
d'en vouloir. Pas cool, l'amour. Trop de souffrance. Trop
d'angoisse pour moi…
C'est drôle, mais j'aurais aimé que ma mère soit là ce soir.
Je n'y comprends plus rien. Hier, je la trouvais étouffante,
envahissante, maintenant, elle me manque. Qu'est-ce qui
se passe au juste dans ma tête ? Je veux devenir une adulte,
mais parfois je me sens encore comme une petite fille qui
a besoin de sa maman. Sido ne se gêne d'ailleurs pas pour
me le faire remarquer chaque fois qu'elle le peut. Je sais
qu'elle a raison et ça m'énerve.
Comme d'habitude quand je suis triste et émotive, je me
suis gavée de nourriture. Comme si je voulais remplir un
vide. J'ai mangé tous les rigatonis en quelques minutes

81

seulement. Maintenant, j'ai mal au cœur… Pourvu que je ne sois pas malade… En tout cas, c'est décidé, je n'irai pas me faire vomir. Je veux en finir avec ça !

Exténuée, je décide de fermer mon portable et de m'allonger quelques minutes, avec l'espoir que le hamster dans ma tête cesse de tourner et que mon estomac se calme. Heureusement, j'ai à peine fermé les yeux qu'un sommeil bienfaisant m'emporte aussitôt avec lui.

❦

CHAPITRE 5

Un désir nommé Guillaume

Ce matin au petit-déjeuner, Anaïs m'a raconté qu'elle m'avait trouvée endormie tout habillée sur mon lit, entourée de mes livres de classe, de mon téléphone et de mon portable. Elle était soulagée de voir que j'avais mangé tout le plat de rigatonis — peut-être l'aurait-elle moins été si elle m'avait vue engloutir toutes les pâtes en moins de deux secondes — et que je ne m'étais pas écrasée devant le téléviseur en son absence.

En me laissant devant l'école, ma mère me fait la bise puis me lance sur un ton joyeux avant de me quitter : « À ce soir pour notre petit souper intime ! » J'espère seulement qu'elle dit vrai et que toute la tribu des Savoie ne débarquera pas inopinément encore une fois.

◆

La matinée se déroule comme à l'accoutumée. Rien à signaler. Guillaume m'ignore toujours et moi, je continue de le fuir. Mon moral est à plat. Je me demande même si j'aurai la force de préparer le buffet de demain. À la pause, je tente de mettre le grappin sur Sido, mais c'est peine perdue : Annabelle, qui vit son premier chagrin d'amour, monopolise toute l'attention de ma copine. Sacrée Sido ! Elle devrait ouvrir un cabinet de consultation ! C'est la psy de l'école Jean-L'Heureux ! Quand la cloche sonne, je parviens à lui parler. Rapidement, nous convenons d'un rendez-vous à l'heure du lunch. Je vais enfin savoir si Guillaume sera de la fête demain.

•–•–•

La cafétéria de l'école est remplie à craquer lorsque je viens retrouver Sido à midi. Tout le monde crie à tue-tête et se bouscule à qui mieux mieux devant les comptoirs de service. Je mets au moins cinq minutes à repérer Sido au cœur de cette joyeuse pagaille. Malheureusement pour moi, elle est flanquée d'Annabelle qui ne la quitte plus d'une semelle et, à ma grande surprise, d'Alex Dandurand, le copain de Guillaume. Je tente de faire demi-tour et de me fondre dans la foule, mais Sido agite le bras droit dans ma direction. Impossible de me défiler maintenant.

J'avance à pas lents en me frayant un chemin entre les tables, les sacs à dos posés par terre pêle-mêle et les autres élèves qui marchent en tenant leur plateau, à la recherche d'une place ou d'un ami. Un peu excédée par tout ce brouhaha, j'arrive enfin à la table où se trouvent mes copains. Sido m'invite à m'asseoir à côté d'elle. En face de moi, la pauvre Annabelle n'en mène pas large. La mine défaite, elle n'arrête pas de jeter un œil autour d'elle, comme si elle cherchait quelqu'un. Son amour perdu ? Malgré son abattement, rien ne compromet vraiment la beauté d'Annabelle. Avec sa longue chevelure blonde, ses yeux bleu océan et sa plastique parfaite, Annabelle collectionne les conquêtes comme d'autres les timbres-poste. OK, j'exagère un peu, mais je ne suis pas loin de la vérité. Cette fois-ci, pourtant, son attachement pour Miguel semblait plus profond et plus stable ; ils se fréquentaient depuis le début de l'année scolaire. Que s'est-il passé ? Selon toute apparence, la princesse, une vraie mordue de la mode, a été larguée pour une autre. Chose qui ne semble pas déplaire à Alex, qui la dévore du regard, se moquant bien de ses yeux rouges et bouffis. Je sais de source sûre qu'il s'intéresse à elle depuis longtemps, mais qu'elle n'a jamais répondu à ses avances. Un amour à sens unique ? Comme moi avec Guillaume ?

La voix de Sido me tire soudain de mes pensées.

— Alors, vous êtes tous prêts pour samedi ? Personne ne me fera faux bond, j'espère ? demande ma copine en m'adressant un clin d'œil discret.

— Eh bien, je ne pense pas pouvoir y être… répond Annabelle, qui entortille machinalement une mèche de cheveux entre ses doigts.

— Ah non ! Ce n'est pas parce que Miguel te laisse tomber que tu dois en faire autant avec moi, rétorque Sido avec agacement. J'ai prévu un tas d'activités intéressantes, de la musique et de la boustifaille à volonté. Et devinez quoi ? C'est Danaé qui prépare le buffet !

Brave Sido, qui tente de vanter mes mérites culinaires dont tout le monde se fiche royalement.

— Ouais, mais tu sais, je n'ai pas le cœur à la fête, déclare la princesse blonde avec hésitation.

Alex Dandurand, l'âme ardente et chevaleresque, profite de l'occasion pour se jeter dans la mêlée.

— Si tu veux, Annabelle, je passe te prendre chez toi samedi. J'aurai l'Audi du paternel. Je te ramènerai chez toi quand ça te plaira, dit-il en bombant le torse comme un orang-outang.

Sapristi, le séducteur à la voiture sport frappe un grand coup ! Pendant quelques instants, nous sommes tous les trois suspendus aux lèvres d'Annabelle, qui se fait prier un max avant de lui donner une réponse. Pour la première fois peut-être depuis que je la connais, je la vois s'adresser à Alex en le regardant dans les yeux.

— OK, tu es gentil, Alex, minaude-t-elle. Tu peux passer me chercher vers sept heures à la maison.

Quelle séductrice, celle-là ! Du grand art ! En quelques minutes, avec sa mine triste, elle a pris le bel Alex dans ses filets.

— Super ! s'exclame celui-ci, qui lève les bras en signe de victoire comme s'il venait de remporter le match de hockey le plus important de sa vie. Et quelle victoire ! La plus jolie fille de l'école sortira avec lui demain.

— Cool ! Je sens qu'on va bien s'amuser ! exulte ma rouquine d'amie, que je soupçonne d'avoir manigancé toute cette histoire entre Alex et Annabelle.

Bon, c'est bien beau tout ça, mais qu'advient-il de Guillaume ? Sido lui a-t-elle parlé du party ?

Si je veux en savoir plus, il faudra que j'insiste un peu auprès de ma copine.

Discrètement, je tire sur la manche de Sido, qui se tourne aussitôt vers moi et me décoche un étrange sourire. Elle a un plan, j'en suis certaine maintenant. Alex étant aux anges et probablement prêt à faire n'importe quoi pour remercier son entremetteuse, Sido lui pose enfin la question qui me préoccupe tant :

— Dis donc, Alex, est-ce que ton copain Guillaume sera de la fête ? Je serais déçue qu'il n'y soit pas, et Danaé, encore plus que moi !

Quoi ? Elle m'avait pourtant promis de ne rien dire à mon sujet. Et que fait-elle à la première occasion ? Exactement le contraire de ce que je souhaitais ! Je suis mortifiée et sûrement rouge comme une pivoine. Bien entendu, tous les regards convergent vers moi. D'abord surpris, Alex m'observe de ses yeux gris acier puis esquisse un sourire. Le sourire de quelqu'un qui vient de réunir les dernières pièces d'un casse-tête.

Tout en continuant de fixer son regard sur moi, il répond à Sido :

— Je ne sais pas s'il sera là, Sido. Il devait venir avec moi, mais il m'a annoncé hier qu'il n'en était plus certain. Un empêchement de dernière minute, quelque chose du genre… Je vais lui en glisser un mot tout à l'heure. Le mieux serait que tu l'invites toi-même. Je lui dirai d'aller te voir à la pause. Je pense que ça lui ferait vraiment plaisir de venir à ton party.

Sans rien ajouter d'autre, Alex se lève, entraînant Annabelle à sa suite vers on ne sait où. Est-ce le début d'une idylle entre eux ? Deux séducteurs ensemble, est-ce possible ? Nous le saurons très bientôt. Pour ma part, je me sens soulagée au point que mon ventre commence à gargouiller. Le sourire aux lèvres, ma complice me tend le bras et nous nous dirigeons vers le comptoir des repas chauds : ce sera une poutine pour moi ! Tant pis pour les calories. Je les compterai un autre jour !

L'anniversaire de Sido s'annonce mémorable.

.•.

Comme un yo-yo, mon humeur oscille au gré des événements. Je suis toujours sans nouvelles de Sido et d'Alex, et l'inquiétude me gagne de nouveau en après-midi. À la pause, j'aperçois Annabelle qui semble avoir retrouvé sa mine superbe, mais je me garde bien d'aller à sa rencontre. Je ne sais pas pourquoi, mais je n'ai pas envie de me confier à elle.

En fin d'après-midi, je me résigne à quitter les lieux sans en savoir plus lorsqu'une voix familière m'interpelle. Le cœur battant, je me retourne aussitôt. C'est Guillaume. « À demain, Danaé ! » s'écrie-t-il du parvis de l'école. Sans pouvoir prononcer un seul mot tellement l'émotion m'étreint, je le salue d'un signe de la main et m'envole, toutes ailes déployées dans ma tête, jusque chez moi.

◆

3 mai
Cher Anonymouse,
Comme Anaïs m'a déjà dit, il y a des moments où l'on sent que la vie nous déroule son tapis rouge. Aujourd'hui, c'est moi qui marche sur le tapis ! Même si j'ai peur, j'ai tellement hâte à demain !
Je ferme les yeux et je vois une étoile dans mon cœur...
Toi...

Chapitre 6

Rouge impérial

Rue des Érables, ma mère s'active déjà à la cuisine pour notre repas du soir. Je ne lui ai rien dit de ce qui vient de m'arriver avec Guillaume. C'est encore trop frais dans ma mémoire et trop intime. À Sido, j'ai envoyé un texto avec ces mots : « Merci!!! Tu es vraiment ma *best*!!! » Dans la minute qui a suivi, j'ai reçu ce message d'elle : ☺.

Après m'être rafraîchie et vêtue de vêtements plus confortables, je descends rejoindre Anaïs à ses fourneaux. Comme au resto, elle a inscrit le menu à la craie sur le tableau noir de la cuisine. Ce soir, donc, nous dégusterons l'une de ses spécialités : le poulet du général Tao !

Anaïs et moi raffolons de ce mets dont l'origine est plutôt obscure. Vient-il du Sichuan, comme le prétendent certains connaisseurs ? Ou encore, est-ce plutôt la création d'un chef taïwanais d'origine chinoise qui, en présentant ce plat aigre-piquant aux Américains, aurait ajouté du sucre pour leur plaire ? Un mets qu'il aurait nommé en l'honneur d'un général de l'armée ? Moi, je n'en sais rien, mais ma mère si. Pour les besoins de son blogue, Anaïs a consacré toute une chronique aux origines de ce plat que l'on peut apprêter aussi avec du tofu ou des crevettes. Moi, c'est le classique que je préfère : de petits morceaux de poulet frits, croustillants, arrosés d'une sauce légère et aigre-piquante. Miam !

La soirée promet d'être agréable. Je ne vois ni membres de la famille Savoie ni BlackBerry à l'horizon. Enfin seules toutes les deux ! Dans la salle à manger, tout est blanc, les assiettes comme la nappe et les serviettes de table, à l'exception des baguettes en bois de bambou que ma mère a rapportées de son unique voyage en Chine, lors de mon adoption. Même ma mère est tout de blanc vêtue. Avec un tel cérémonial, Anaïs a sans doute encore quelque chose à se faire pardonner...

Le repas étant prêt, ma mère m'invite à passer à table. En entrée, elle a préparé des rouleaux de printemps ou « 春卷 chūnjuǎn », appelés ainsi parce qu'ils étaient consommés autrefois lors de la fête de Qing Ming, jour du nettoyage des tombes familiales en avril. Autrement dit, on peut les emporter et les manger n'importe où, selon Anaïs! Avant de les déguster, nous enroulons chaque petit rouleau dans une feuille de laitue, puis le trempons dans une sauce au poisson. Un vrai délice! Suivent une soupe aigre-piquante aromatisée au vinaigre noir et, enfin, le plat de résistance qui nous conduit tout droit au septième ciel.

Après le repas, ma mère s'éclipse un instant dans sa chambre, puis revient avec une jolie boîte scellée d'un ruban dans les mains.

— C'est pour toi, Danaé, me dit-elle avec une touche d'émotion dans la voix. J'espère que ça te plaira.

Un autre cadeau! Wow! Décidément, Anaïs ne cesse de me réserver des surprises en ce moment. Curieuse, je m'empare de la boîte, défais le ruban et soulève le couvercle. En apercevant le trésor qui se trouve à l'intérieur, j'en ai le souffle coupé.

— Oh! Elle est magnifique! que je m'exclame, les yeux remplis d'émerveillement.

Avec toutes les précautions du monde, je retire la robe-bustier de la boîte et la déplie lentement devant moi. Je craque en voyant le drapé qui couvre le buste et la forme tulipe de la robe, qui s'évase en douceur à la hauteur des hanches.

Demain soir, je serai sublime dans cette exquise petite robe rouge, ma couleur préférée !

— Elle te plaît ? s'enquiert Anaïs, impatiente de connaître mes impressions. J'ai écumé toutes les boutiques à la mode avec Alice. Puis, au détour d'une rue, dans une boutique du Vieux-Montréal, ta marraine a repéré cette merveille dans la vitrine. Les yeux pétillants comme du champagne, Alice s'est tournée vers moi et m'a lancé tout de go : « Voici LA robe de soirée que l'on offre à une jeune fille qui s'apprête à sortir de l'enfance. Et cette jeune fille, c'est Danaé, ma filleule chérie. Il n'y a pas une minute à perdre. Entrons ! »

— Tante Alice et toi m'avez acheté cette robe… expressément… pour la soirée de demain ? que je demande, avec un trémolo dans la voix. Comme vous êtes gentilles, toutes les deux !… Vous me gâtez tellement… Merci… Je n'en reviens pas…

— Oui, nous l'avons achetée pour le party d'anniversaire de Sido… si tu veux, hésite-t-elle. Bon, je sais que je t'ai bousculée ces derniers temps. Peut-être aurais-tu préféré attendre un peu avant de faire ce long séjour en Chine. J'admets que j'ai commis une erreur et je m'en excuse encore, Danaé. Vois-tu, je me faisais une telle joie de t'offrir ce voyage en Chine pour tes seize ans. *Sweet sixteen,* comme disent les Américains !

— Maman, dis-je, avec une pointe d'impatience dans la voix, c'est juste que j'aimerais que tu me consultes avant de prendre des décisions qui me concernent. Maintenant, c'est trop tard, tu as déjà acheté les billets. Et je dois vivre avec TA décision. Tu m'offres un cadeau que certaines de mes copines du cercle des yeux bridés vont m'envier, mais, pour moi, la Chine, c'est... difficile, tu le sais bien. Je me pose beaucoup de questions sur mon désir de retourner là-bas et j'ai parfois de la peine en pensant à mes... parents... biologiques. Il y a des jours où j'éprouve même de la colère envers eux... Alors, tu comprends, je ne suis pas sûre d'être prête à faire ce voyage ni même d'en avoir vraiment envie...

En proie à l'émotion, je décide de me taire quelques instants afin de me calmer un peu.

— Je ne sais plus quoi te dire, ma chérie, reprend alors Anaïs, qui, les coudes appuyés sur la table, semble tout à coup porter le poids du monde sur ses épaules. Je voudrais tellement que tu ne manques de rien, Danaé. Les retrouvailles annuelles avec tes copines de Chine, les leçons de mandarin, le blogue et maintenant ce voyage et cette robe, toutes ces choses me disent que j'essaie d'en faire trop et peut-être pas de la bonne façon… Parfois, dans mes moments de doute, je me demande si je suis vraiment capable de te rendre heureuse…

Ces confidences de ma mère m'inquiètent. Je ne suis pas certaine de bien comprendre tout ce qu'elle tente de me dire. Regretterait-elle de m'avoir adoptée ? La panique commence à me gagner : j'ai chaud et j'ai la tête qui tourne. Après avoir remis la robe dans la boîte par terre à côté de moi, je respire un bon coup et lui pose sans détour la question qui me tracasse :

— Si ça te cause tant de soucis, pourquoi m'as-tu adoptée, alors ? dis-je en tremblant de tous mes membres.

D'un bond, Anaïs se lève et me prend doucement dans ses bras.

— Oh, Danaé, ne va pas croire que je regrette de t'avoir adoptée ! Ça, jamais ! Simplement, je suis parfois dépassée par la situation. Que dois-je faire pour que tu sois heureuse et épanouie ? me demande-t-elle en desserrant son étreinte et en plongeant ses yeux dans les miens.

— Et si, pour une fois, tu me laissais répondre à cette question moi-même? lui dis-je spontanément.

Surprise, Anaïs, dont les paupières ont commencé à battre la mesure, m'interroge du regard et, sûrement parce qu'elle est désespérée et ne trouve pas d'autre solution, acquiesce à ma demande.

— Ça peut te sembler stupide, mais je meurs d'envie d'essayer la robe que tu m'as offerte. Elle est tellement belle! Après, si tu veux, je nous préparerai un thé à la manière de Mme Wang. Avec mes économies, j'ai acheté tout ce qu'il fallait dans le Quartier chinois!

Ma réponse doit être la bonne, car un large sourire apparaît sur le visage d'Anaïs, qui se détend enfin.

— Danaé chérie, quelle bonne idée! Cours vite essayer ta robe. Avec ton boléro noir pour couvrir tes épaules et de jolis escarpins que je vais te prêter, tu seras superbe demain soir. Irrésistible, même! Surtout si tu as un cavalier… Hum, hum. Bon, quand tu redescendras, nous verrons s'il y a quelques retouches à faire, puis nous parlerons des derniers détails pour le buffet, tout en sirotant un bon thé.

Faisant mine de ne pas avoir entendu le commentaire d'Anaïs sur l'existence possible d'un amoureux — qu'elle a peut-être pressentie —, je fonce vers ma chambre, ma boîte sous le bras. Je ne pense plus qu'à demain, maintenant. Qu'à Guillaume.

—•—

3 mai toujours…
Cher Anonymouse,
Alice et Anaïs, je vous adore toutes les deux !!! C'est la plus belle robe que j'ai jamais eue. Elle est parfaite pour moi, il n'y a aucune retouche à faire. Pour une fois, c'est sans regret que je vais délaisser mes jeans !
Après le thé (qui était vraiment bon, selon ma mère), j'ai appelé tante Alice pour la remercier. C'est Jean-Maurice qui a répondu après dix coups de sonnerie. Il a encore fallu une bonne minute avant que tatie vienne répondre au téléphone. Je suis certaine qu'ils étaient en train de se bécoter, tous les deux. En tout cas, Alice était contente que la robe me plaise. « Tu vas voir, ils vont tous craquer, les Roméos » m'a-t-elle lancé en rigolant.
Le compte à rebours est commencé. Demain soir, à la même heure, Guillaume se tiendra à côté de moi.
Mon cœur est rouge impérial ! Comme ma robe ! Hi ! Hi !

CHAPITRE 7

Baiser sucré

Pas facile de vivre son premier vrai party sans semer quelque inquiétude autour de soi. Quand Anaïs vient me déposer chez Sido, j'ai encore droit à un interminable sermon. Ne fais pas ci, ne fais pas ça, attention à l'alcool, aux drogues et aux mains baladeuses! Par mesure de prudence, j'ai l'obligation de garder mon cellulaire allumé : ma mère veut pouvoir m'appeler en tout temps pour prendre de mes nouvelles. Si je n'obéis pas, elle me confisquera mon iPhone pour deux semaines. L'équivalent d'une éternité! Je devine déjà qu'elle ne fermera pas l'œil de la nuit. Avant de me laisser, Anaïs me confie qu'elle ne pourra pas s'occuper des *Délices* encore ce samedi. Explication officielle : trop de travail. Je soupçonne que son vp profite d'elle au maximum. Ma question est : pourquoi ne réagit-elle pas?

Lorsque Sido m'accueille sur le pas de la porte, je suis chargée comme un mulet. Un sac de voyage en bandoulière sur l'épaule gauche, une housse à vêtements sur le bras droit et une boîte remplie de bouchées offertes gracieusement par Anaïs à la main gauche, j'avance à pas lents en évitant de trébucher. Morte de rire, Sido m'aide à me débarrasser de mes effets. Sans plus attendre, je décide de lui remettre son cadeau d'anniversaire : des boucles d'oreilles en forme de cœur vraiment chouettes. Folle de joie, elle les essaie tout de suite devant le grand miroir du couloir. Wow ! Quel look d'enfer ! Après les effusions, Sido me montre la chambre d'ami où je dormirai, la nuit venue. Avec son décor épuré et ses teintes très pâles et très neutres, l'endroit semble très accueillant. Un vrai cocon !

Nous nous dirigeons ensuite vers la cuisine pour le début des opérations. Durant la soirée, il faudra pouvoir nourrir une quarantaine d'invités, qui arriveront à toute heure, de la tombée du jour jusqu'à minuit. En tenant compte du bouche à oreille, Sido prévoit qu'une dizaine de personnes s'ajouteront au fil de la soirée. Le défi est de taille, mais pas insurmontable. Anaïs m'a donné de bons conseils hier soir. Je saurai en tirer profit.

D'emblée, Sido est épatée par mon sens de l'organisation. Sur un tableau de liège accroché à l'un des murs de l'élégante cuisine, j'appose la liste de tous les plats au menu puis les recettes pour chacun. La préparation des différents mets nous prendra quelques heures, mais nous avons le temps : il est à peine 10 heures du matin. Selon le souhait exprimé par Sido, le buffet sera mexicain, une idée supergéniale pour une *fiesta* ! Pendant que je réunis les ingrédients sur le comptoir, Sido s'amuse à lire le menu à voix haute.

BUFFET FIESTA MEXICAINE

AMUSE-GUEULE

NACHOS AVEC GUACAMOLE ET SALSA

ENTRÉES

TORTILLAS EN PETITES BOUCHÉES

TACOS À LA VIANDE

PLATS DE RÉSISTANCE

FAJITAS DE POULET

EMPANADAS AU BŒUF

ENCHILADAS À LA SAUCE MOLE

(« Miam ! » s'exclame mon amie.)

POUR VÉGÉS SEULEMENT

(« Aha, tu as pensé aux végés comme Annabelle », me dit Sido.)

SALADE DE TOMATE ET DE MANGUE À LA CORIANDRE

SALADE AUX HARICOTS NOIRS

DESSERTS

FLAN AU CARAMEL

GÂTEAU AU CHOCOLAT ÉPICÉ

(« J'adooore ça ! » s'écrie-t-elle.)

Mis à part la nourriture, des jus de fruits frais, des cocktails et des bières sans alcool permettront aux convives de se désaltérer. De plus, chaque invité recevra à son arrivée un verre de champagne ! Un cadeau offert par les Dupont-Leblanc à leur fille chérie pour ses seize ans ! Super cool, les parents !

En après-midi, après avoir passé des heures à concocter tous ces mets, nous savourons une pause bien méritée sur la terrasse, en compagnie de Mata Hari qui se prélasse sous le soleil avec une nonchalance toute féline. Sido, très en verve, n'arrête pas de jacasser. J'apprends ainsi que « Guillaume me tournait autour depuis longtemps, mais qu'il n'osait pas m'aborder de peur de me faire fuir jusqu'en Chine ». Une très bonne blague signée Alex Dandurand qui, lui, raconte à tout le monde qu'« Annabelle, c'est déjà dans la poche ». Mais Annabelle se dit « toujours très amoureuse de Miguel Aubin et ne comprend pas

ce qui s'est passé ». Elle a accepté de venir au party
« seulement parce que c'était la fête de sa *best* (ah
bon, je ne le savais pas !) et qu'Alex, qu'elle trouve
vraiment casse-pieds, l'accompagne ».

Ces paroles sont comme une musique de
fond. J'entends sans vraiment les écouter les
histoires débitées par ma copine. Dissimulés
derrière mes lunettes de soleil aux verres opa-
ques, mes yeux contemplent l'horizon et mon
esprit vagabonde au gré de mes pensées en demi-
teintes. Ce garçon qui me fait tant rêver, qui
excite mes sens et trouble mon sommeil depuis
des mois n'était peut-être pas aussi inaccessible
que je l'avais imaginé. Au lieu de lui mani-
fester mon intérêt et de lui ouvrir doucement la
porte, j'ai préféré me réfugier dans le labyrinthe
de mon imagination un peu tordue. Dois-je
croire que je me rangerai ma vie durant du côté
des incorrigibles rêveuses ? Sans l'intervention
de Sido, je serais sûrement encore en train de
me poser mille questions sur Guillaume et de
mourir d'angoisse parce qu'il semble m'ignorer.
Vais-je maintenant avoir le courage de lui ouvrir
mon cœur, au risque même d'être déçue ?

•—•

Après la pause, nous filons en direction du salon afin d'aménager les lieux pour notre *fiesta*. Nous repoussons d'abord les immenses canapés dans un coin, près de l'endroit où officiera le DJ, un copain de Sido, puis nous installons des tables contre les murs. Grands voyageurs, les Dupont-Leblanc — qui ont d'ailleurs eu la bonne idée de filer en douce le temps de la fête — ont rapporté de leurs multiples séjours au Mexique quantité d'objets qui créent tout de suite une ambiance du tonnerre : des nappes, des plats, des assiettes, des verres et des pichets. Ingénieuse, Sido a confectionné des guirlandes avec des piments de toutes les couleurs que nous suspendons un peu partout. Au mur, nous accrochons des *sombreros* de toutes les tailles et des drapeaux blancs, rouges et verts, aux couleurs du Mexique. Enfin, comme dernier élément essentiel de cette *fiesta*, nous fixons une *piñata* au plafond. Une autre idée super cool de Sido, qui compte donner elle-même le premier coup de bâton aux alentours de minuit ! Ce sera la cohue et le grand fou rire général avant la tombée du rideau.

.–.

Vers 17 heures, nous montons nous préparer pour le party. Après une douche vivifiante, je passe un peignoir et m'étends sur le lit afin de me détendre un peu avant la fête. À peine ai-je fermé l'œil que mon iPhone se met à sonner. C'est ma mère, encore une fois. Depuis le début de la journée, Anaïs m'a appelée au moins quatre fois pour prendre de mes nouvelles. Je crains fort que son inquiétude monte d'un cran lorsque la soirée débutera. Pour le moment, je tente de l'apaiser en lui disant que notre programme de la journée se déroule au quart de tour et que Sido sera prête à accueillir ses invités dans quelques heures. Avant de raccrocher, je l'embrasse et lui dis que je l'aime. « Moi aussi, ma chérie, je t'aime, passe une bonne soirée… » me répond-elle avec un soupçon d'inquiétude dans la voix.

Je m'allonge de nouveau sur le lit, mais je n'arrive pas à me détendre, car une foule de questions m'assaillent. Le buffet mexicain plaira-t-il à la bande d'invités de Sido ? Y aura-t-il assez de nourriture et de boissons pour tout le monde ou tomberons-nous en panne sèche dès la mi-soirée ? Guillaume sera-t-il au rendez-vous ? Qui osera aborder l'autre le premier ? Et si un trac fou me prenait de façon subite ? Vais-je encore chercher à me défiler ? Serai-je capable d'avoir une conversation avec lui sans bégayer comme une folle ? Guillaume va-t-il poser un geste qui me rassurera ? Me regarder en souriant ? Me tendre la main et me faire la bise ?

Ouf ! Le hamster dans ma tête court à toute vitesse et je commence à sentir l'angoisse monter en moi. Surtout, Danaé, ne panique pas. Inspire et expire à fond. Visualise le scénario idéal et calme-toi.

Sur ces entrefaites, Sido gratte à ma porte et entre aussitôt dans la chambre. Vêtue elle aussi d'un peignoir blanc, elle a enroulé ses longs cheveux roux autour d'une serviette éponge. Aux pieds, elle porte de grosses pantoufles roses rigolotes qui lui font une démarche un peu pataude.

— Danaé, tu n'es pas encore prête pour ma petite fête ? s'enquiert-elle, l'air mutin, en venant s'asseoir au pied du lit.

— Oh ! Quelle heure est-il ? lui dis-je tout en me redressant et en me demandant combien de précieuses minutes de mon existence j'ai pu perdre encore à me faire du mauvais sang.

— Voyons, je te taquine, ma cocotte ! Tu as encore le temps, mais ne traîne pas trop quand même. Après t'être habillée, viens vite me voir dans ma chambre, déclare-t-elle en se levant. J'ai hâte de pouvoir enfin t'admirer dans ta fameuse robe-bustier !

Au moment de sortir de la pièce, comme si elle avait oublié quelque chose, Sido se tourne vers moi :

— Pas trop nerveuse, j'espère ?

— Non, ça ira, merci, que je lui mens, n'osant pas l'embêter avec mes états d'âme à quelques heures de la fête, même si je meurs d'envie de me confier à elle. Et toi ?

— Eh bien, tu sais, c'est mon premier party. La barre est haute. Mais grâce à toi, je pense que ce sera une réussite. Allez, je te laisse te préparer. À tout de suite !

•◆•

Lorsqu'elle ouvre la porte de sa chambre quelques minutes plus tard, Sido ne peut s'empêcher de pousser un cri d'admiration. « Rouge et noir, c'est tout à fait toi, Danaé ! Une héroïne romantique. Je l'aurais parié ! » Sans me laisser le temps de répondre, elle m'entraîne devant la glace où je peux me contempler de la tête aux pieds. Wow ! En scrutant ma silhouette mince et élégante dans cette tenue hyperféminine, j'ai peine à me reconnaître.

« Maintenant, ma petite Danaé, tu dois être prête
à t'assumer, dans cette robe. C'est autre chose que
de porter un jean ! » me dis-je. Tout en m'exami-
nant avec attention, belle comme une déesse dans
sa minirobe fuchsia moulante et ses talons verti-
gineux, Sido me lance : « S'il ne flanche pas en te
voyant, c'est qu'il n'est pas pour toi. Ne t'inquiète
pas, il y en aura d'autres. Maintenant, opération
coiffure et maquillage ! »

••

Vers 20 heures, les premiers invités affluent
chez Sido, qui croule vite sous les cadeaux qu'elle
empile sans les déballer dans un vaste placard
sous la cage d'escalier. C'est moi qui ai la charge
de conduire les copains au salon et de leur offrir
une coupe de champagne. Quand Miguel Aubin,
l'ex-petit ami d'Annabelle, pénètre dans le vestibule alors qu'il n'était pas attendu, Sido l'accueille avec chaleur et lui donne un baiser pas
tout à fait chaste sur les lèvres. Elle l'escorte
ensuite elle-même jusqu'au salon, où le beau
Miguel lui remet une petite boîte bleue qui
me rappelle celles d'une grande boutique de la
rue Sainte-Catherine. Je ne sais pas pourquoi,
mais la situation me gêne. Ma meilleure amie

m'aurait-elle caché quelque chose à propos de Miguel ? A-t-elle cherché à jeter Alex dans les bras d'Annabelle afin d'avoir le champ libre avec Miguel ?

Des cris de joie provenant de l'entrée interrompent mes spéculations. Intriguée, je me glisse dans l'embrasure de la porte du salon. Guillaume est là, accompagné d'Alex et d'Annabelle. Grand et athlétique, il dépasse tout le monde d'une bonne tête. Tout en promenant son regard à la ronde, il embrasse quelques copines et serre quelques mains au passage, puis s'avance d'un pas décidé en direction du salon. Ma respiration s'accélère. Quelques secondes encore et il se tiendra devant moi... Il m'aperçoit enfin. Sans hésiter, il darde ses beaux yeux noirs dans les miens. Impossible de m'enfuir.

— Bonsoir, Danaé... Je suis content de te voir. Trop cool, ce party... me lance-t-il tout en me faisant la bise.

Incapable d'articuler ne serait-ce qu'une syllabe, je me contente de lui tendre un verre de champagne qu'il accepte volontiers. Au même moment, la musique, en sourdine depuis le début de la soirée, se déchaîne à en faire s'écrouler les murs de la solide demeure.

— Tu es vraiment belle... avec ta robe, parvient-il à me dire à l'oreille, en balbutiant. Honnêtement, j'ai failli ne pas te reconnaître tout à l'heure.

Toujours figée par l'émotion, je ne peux le remercier autrement que par un faible sourire. Si mon silence persiste, dans quelques minutes, c'est lui qui s'enfuira à toutes jambes pour ne plus revenir. Il faut que je puisse trouver quelque chose d'intelligent à lui dire. Mais quoi, au juste ? Heureusement, il a de la conversation pour deux.

— Et toi, tu ne bois pas de champagne ? Sido te l'a interdit ? me demande-t-il avec une lueur de moquerie dans le regard.

Cette fois, son humour fait mouche et m'arrache enfin mes premiers mots.

— Non, pas du tout. C'est simplement que je n'ai pas encore trouvé le temps de m'en verser une coupe, que je lui réponds en montant la voix de plusieurs octaves. C'est moi qui suis censée accompagner les invités au salon (chose que je néglige de faire depuis son arrivée, car je suis littéralement figée sur place).

— OK, attends-moi ici. Je reviens dans un instant, me dit-il en m'effleurant l'épaule de sa main droite.

Je profite de cette pause salutaire pour retrouver mes esprits et jeter un coup d'œil autour de moi. Les gens continuent d'entrer à pleine porte chez Sido, qui vient de pénétrer dans le salon pour la énième fois de la soirée. Dès qu'elle le voit, ma copine se précipite à la rencontre de Guillaume pour lui faire la bise. Elle n'est pas la seule. Près de la table où se trouvent les seaux à glace qui gardent au frais le champagne, un essaim de jolies filles butinent autour de lui comme des abeilles dans un jardin en pleine floraison. Pourquoi faut-il que je m'intéresse à un garçon aussi populaire et convoité que Guillaume ? N'est-ce pas un véritable supplice que je m'inflige ? Vaudrait-il mieux que je renonce tout de suite au projet insensé de vouloir faire sa conquête ?

Perdue dans mes pensées, comme d'habitude, je sursaute lorsque Sido vient se planter devant moi, le regard plein de colère.

— Danaé, me crie-t-elle à l'oreille sans ménagement, ne devais-tu pas t'occuper de servir le champagne aux invités ? Si personne n'est à la table, j'ai peur que certains en profitent pour vider les bouteilles en moins de deux !

— Oh, Sido, sois cool et ne tombe pas comme ça sur le dos de ta copine ! intervient soudain

111

Guillaume, qui s'approche de moi, un verre de champagne à la main.

Surprise, Sido se tourne vers lui et rougit. Malgré le tintamarre qui règne, Guillaume semble avoir tout compris. Peut-être a-t-il observé la scène de loin.

— Ce n'est pas sa faute, mais la mienne, poursuit-il presque en hurlant pour se faire entendre. C'est moi qui ai retenu Danaé tout à l'heure. Je ne savais pas qu'elle devait offrir le champagne aux invités. Toutes mes excuses, Sido.

Ma copine lui sourit avec embarras puis nous demande un service.

— Écoutez, buvez votre verre de champagne tranquillement. Après, vous seriez gentils tous les deux si vous pouviez en verser à nos invités. Un verre par tête de pipe, pas plus. Mon père ne me le pardonnerait pas si des soûlons gâchaient la fête !

Sans s'attarder davantage, Sido tourne les talons et se dirige vers le DJ, qui arrête aussitôt la musique. Guillaume et moi nous retrouvons de nouveau en tête à tête. Il m'offre la coupe de champagne et s'adresse à moi avec un regard franc, intense, qui me capture tout entière.

— À toi, Danaé! dit-il en levant son verre et en me regardant de ses yeux rieurs et complices.

— Merci… Gui… Guillaume, réussis-je à balbutier.

Obnubilée par les mots et la beauté de Guillaume, je ne parviens plus à formuler des phrases complètes et sensées. J'ai pourtant toujours cru que seuls les garçons pouvaient éprouver de telles sensations, de tels vertiges physiques à la vue d'un être qui nous attire. Rien de plus faux.

— J'aime beaucoup ton prénom, tu sais, m'avoue Guillaume, en quête d'un sujet de conversation. Il est vraiment original. J'ai même fait une recherche dans Internet. Dis donc, ta mère en a eu, de l'inspiration!

Tiens, tiens! Et moi qui pensais que ce garçon était indifférent à ma personne depuis le début de l'année scolaire. Voilà bien une toute petite preuve qu'il s'intéresse à moi et qu'il en sait un peu sur ma vie.

— Ah oui? que je réponds, curieuse d'en savoir plus sur sa recherche, et en me gardant bien de lui révéler que je connais depuis longtemps déjà la signification de mon prénom.

— Oui! Et c'est une belle histoire en plus! Un peu compliquée, mais tout de même…

La voix de Sido interrompt malheureuse-ment notre discussion. Debout avec ses chaus-sures à talons hauts sur un pouf du salon — sapristi, je demande comment elle arrive à garder l'équilibre ! —, elle souhaite la bienvenue à tout le monde et donne quelques indications sur le déroulement de la soirée. J'entends des siffle-ments et des cris de joie dans la foule. Pendant qu'elle parle, je fais signe à Guillaume de me suivre vers la table où se trouvent les bouteilles de champagne qui sont presque toutes vides… Nous servons les derniers verres puis attendons la fin du discours de Sido pour débarrasser la table qui accueillera bientôt les plats chauds. La musique repart de plus belle lorsque nous nous acheminons vers la cuisine. À notre retour, à peine avons-nous déposé les mets sur la table qu'une bande d'affamés se rue vers elle.

— Eh bien, me lance Guillaume sur un ton admiratif, tu fais un malheur avec ton buffet ! Si je ne me dépêche pas d'attraper quelque chose, je ne pourrai pas goûter à ta cuisine, que Sido m'a tant vantée !

— Ne t'inquiète pas, Sido et moi avons pré-paré à manger pour une armée. Le réfrigérateur et la cuisinière débordent de nourriture !

— Ouais, j'ai vu le menu que vous avez affiché... Dis donc, où as-tu appris à cuisiner ? Moi, je n'y connais rien. Je ne serais même pas capable de me faire cuire un œuf sans crever le jaune. Ha, ha ! Je vis avec ma mère et c'est elle qui fait tout. Je ne pense pas qu'elle a envie que j'aille dans sa cuisine.

— Eh bien, pour moi, c'est tout le contraire. J'aide beaucoup ma mère, qui cuisine tout le temps. Elle a même un blogue sur Internet.

— *Les délices d'Anaïs*, c'est ça ?

— Euh, oui... Comment le sais-tu ? C'est Sido qui t'en a parlé ?

— Eh bien, non, j'ai encore fait une petite recherche sur Internet, admet-il, un peu gêné. Je sais même que c'est toi qui fais les photos.

— Pas toutes les photos, mais presque. J'adore ça !

— Tu sais, si jamais ça te dit, tu pourrais peut-être me montrer comment utiliser l'appareil photo que mon père vient de m'acheter. Je l'apporterai à l'école la semaine prochaine.

— Ah oui ! que je m'entends lui répondre. Si tu veux, nous pourrons même prendre quelques photos dans la cour de l'école.

— Et dans le parc à côté aussi ! ajoute-t-il, le regard rieur et pétillant.

À nous observer tous les deux bavarder sans retenue, je sens que la glace est bel et bien rompue entre nous. Guillaume est un garçon charmant et sympathique et, contrairement à ce que je croyais, pas prétentieux pour deux sous. Tout le contraire de son copain Alex Dandurand, qui se pavane comme un paon et délaisse Annabelle qui semble d'ailleurs s'être volatilisée.

Je ne mets pas beaucoup de temps à retrouver la trace de la princesse blonde. Dans la cuisine, la bisbille vient d'éclater entre elle et Miguel, qui ne m'ont pas vue pénétrer dans la pièce avec des assiettes vides. Je demeure en retrait, près de l'embrasure de la porte de la salle à manger. La scène est à la fois amusante et pathétique. Premier acte : Annabelle hurle et Miguel, l'air misérable, écoute sans dire un mot. De toute façon, il en serait incapable tellement la fureur d'Annabelle est grande. Deuxième acte : Sido entre dans la cuisine. Miguel s'échappe vers le salon sans demander son reste. Troisième acte : Annabelle déverse son fiel sur Sido qui tente de la calmer, mais sans succès. Quatrième et dernier acte : Annabelle quitte avec fracas le party sans Alex. C'est la fin d'une amitié et d'un flirt…

Restée seule dans la cuisine, Sidonie semble dépitée mais se redresse dès qu'elle m'aperçoit.

— Tu as tout vu ? me demande-t-elle, embarrassée.

— Pourquoi m'as-tu caché ce qui se passait, Sido ? lui dis-je sans prendre la peine de répondre à sa question. Je suis ton amie, oui ou non ?

— Écoute, Danaé, Annabelle menaçait sans cesse de quitter Miguel, qui se confiait de plus en plus à moi. Petit à petit, on s'est rapprochés, on s'est mis à faire des activités ensemble après les cours et la fin de semaine. On a compris qu'on se plaisait et qu'on voulait être ensemble. Miguel a finalement rompu avec Annabelle, qui est venue me voir en larmes l'autre jour. Je ne savais plus quoi faire, me confesse Sido dans un rare moment d'épanchement.

— Et tu as pensé que ce serait une bonne idée d'inviter Alex à lui servir de chevalier servant pour amortir le choc. Bravo, Sido, je te félicite, quelle stratégie ! fais-je, tout en déposant bruyamment les assiettes sales sur le comptoir.

— Ne me juge pas si vite, Danaé! rétorque ma copine, les bras croisés. Toi aussi, tu vivras peut-être la même situation un jour.

— Eh bien, oui, peut-être, mais j'espère que j'aurai au moins la délicatesse de m'y prendre autrement pour ne pas blesser une bonne amie!

Lasse d'argumenter, Sido hausse les épaules et sort de la cuisine en direction du salon. Pour elle, l'incident est clos.

··•·

Grâce au sang-froid imperturbable de Sido, la soirée s'est poursuivie sans anicroches. Tout le monde a bien ri et bien festoyé. Guillaume et moi avons dansé la salsa et le merengue à nous en user les rotules. Il y a eu très peu de mots entre nous, mais quel rapprochement! Vers minuit, le DJ a arrêté la musique et Sido a frappé comme prévu le premier coup de bâton sur la *piñata*. Tour à tour, chaque invité s'est déchaîné sur l'objet suspendu, dont le contenu s'est enfin répandu sur le sol lorsque Simon Latour-Lajeunesse a donné le coup de grâce. Il y avait de tout dans cette *piñata*, même des préservatifs!

Vers une heure du matin, les invités ont commencé à quitter les lieux, au moment même où les Dupont-Leblanc ont fait leur entrée. La grosse chatte Mata Hari, qui, excédée par le bruit, s'était terrée on ne sait où toute la soirée, est enfin sortie de sa cachette et s'est faufilée dans la cage d'escalier avec une agilité surprenante pour son poids. Avant de partir en compagnie d'Alex et de Miguel dans leur rutilante voiture, Guillaume s'est penché vers moi et m'a doucement effleuré la joue gauche de sa main, en me demandant de l'appeler dès que je me lèverais le lendemain.

— Promis, lui ai-je murmuré à l'oreille. Mais il faudrait d'abord que tu me donnes ton numéro de téléphone.

Après s'être esclaffé, Guillaume a extirpé du fond de la poche de sa veste un stylo feutre. Puis il a pris ma main et m'a dit :

— Si tu permets…

Sur ma paume, il a inscrit les dix chiffres de son numéro de cellulaire.

— Tu es tout un numéro, hein, mon Guillaume ! lui a lancé à la blague son copain Alex, qui l'attendait dans le vestibule.

— N'oublie pas de le noter quelque part, m'a-t-il conseillé en souriant. Il pourrait vite s'effacer…

— Ne t'inquiète pas. Je le connais déjà par cœur ! Je t'appelle demain, sans faute.

Heureux de m'entendre lui faire cette promesse pour la seconde fois, Guillaume m'a serrée doucement contre lui, puis m'a donné un baiser chaud et sucré sur les lèvres qui a électrisé tout mon corps. Une sensation que je n'oublierai jamais.

·•·

Le lendemain de la fête, ma mère a été la première personne à me tirer du lit. En entendant sa voix au bout du fil, je me suis rendu compte qu'Anaïs ne m'avait pas appelée de la soirée. Est-ce un signe de confiance de sa part ? Peut-être. Quoi qu'il en soit, aucune inquiétude ne transparaissait dans sa voix ; que du bonheur à l'état pur à l'idée de pouvoir enfin parler à sa fille adorée ! De bonne humeur, Anaïs m'a posé mille questions sur la soirée, sur ma robe qui a fait sensation, et s'est réjouie d'apprendre que tout s'était déroulé pour le mieux. Comme j'étais heureuse de pouvoir enfin reprendre contact avec ma mère qui, juste avant de raccrocher, m'a dit à quel point je lui avais manqué hier ! À moi aussi, d'ailleurs.

L'instant d'après, j'ai consulté ma montre : midi pile ! Ouf ! Complètement épuisée, je venais de dormir d'une seule traite pendant plus de dix heures ! Dans mes pensées est apparu le visage de Guillaume. Après avoir hésité puis tergiversé, recomposant mille fois le numéro de son cellulaire — que j'ai laissé inscrit dans ma main gauche avant de me coucher ! —, j'ai enfin pu entendre le son de sa voix. Une voix remplie de sommeil, mais aussi de chaleur, me confirmant l'existence d'une attraction réelle. Après avoir bavardé de tout et de rien pendant de longues minutes, nous avons terminé notre conversation sur une note joyeuse. « J'ai bien hâte de te revoir à l'école demain, Danaé. » « Moi aussi, Guillaume, j'ai hâte de te revoir », lui ai-je répondu comme en écho. En raccrochant, j'ai eu la nette sensation que tout était possible entre nous.

CHAPITRE 8

Le cercle des yeux bridés

Il y a maintenant deux semaines que le party a eu lieu.

Guillaume et moi nous voyons presque tous les jours à l'école. Le lundi qui a suivi la fête a été amusant comme tout ! Partis à la chasse aux images avec le nouvel appareil photo de Guillaume, nous nous sommes promenés dans le parc près de l'école pendant toute l'heure du repas de midi. J'ai montré à Guillaume comment utiliser l'appareil, un modèle automatique doté de fonctions faciles à mémoriser, ainsi que quelques techniques photos. Puis, vlan ! il s'est mis à photographier tout ce qui tombait sous son objectif : le ruisseau, le ciel, les arbres, les fleurs et moi…

— Non, arrête, je ne veux pas que tu me prennes en photo ! l'ai-je imploré tout en masquant mon visage de mes bras.

— Mais pourquoi ? Tu es mignonne avec ton petit foulard blanc sur la tête ! Allez, Danaé, tu

123

sais, j'ai du talent. C'est toi-même qui me l'as dit tout à l'heure.

Mignonne avec mon petit foulard... Tu parles! Ce matin-là, en découvrant ma chevelure raplapla dans le miroir, j'ai pleuré comme une madeleine. J'ai tout tenté pour redonner du volume à mes cheveux, mais sans résultat. Alors, je n'ai pas eu d'autre choix que de recourir à cette solution de dernière minute. L'horreur!

— Baisse les bras, Danaé, et souris! m'a lancé Guillaume, qui continuait toujours de me photographier sous tous les angles.

Il était tellement absorbé par sa tâche qu'il ne s'est pas aperçu que le terrain derrière lui était incliné. C'est en reculant pour chercher le meilleur point de vue que son pied a buté contre une roche. Après une culbute digne d'un grand gymnaste, il s'est retrouvé les quatre fers en l'air au bas de la pente. L'incident s'est déroulé si rapidement que je n'ai jamais eu le temps de le prévenir. Surprise, j'ai mis quelques secondes à réagir mais me suis enfin précipitée vers lui.

— Pas de panique, Danaé, le Fuji n'a rien! Moi, par contre, j'ai l'air d'un imbécile fini! a-t-il affirmé quand je me suis accroupie à ses côtés.

En le voyant dans cette posture et en comprenant qu'il n'était pas blessé, excepté dans son amour-propre, j'ai été saisie d'un fou rire qui a duré une bonne minute. Ce n'est que lorsqu'il m'a prise dans ses bras et renversée sur le côté près de lui que mon hilarité a cessé. Impossible de rire avec ses lèvres charnues collées contre les miennes...

Depuis ce jour, notre relation se développe lentement, comme si nous ne voulions rien brusquer. Nous apprenons à nous connaître, à nous toucher et à entremêler nos vies. Sentir sa main dans la mienne, sa bouche contre ma bouche me chavire. Rien que d'y penser, j'ai des papillons dans le ventre et de délicieux frissons. Je me garde bien de lui avouer tout cela, de crainte de le voir s'enfuir devant ma fringale amoureuse ! Je n'ai encore rien dit à Anaïs, mais grâce à son sixième sens habituel, elle a des soupçons, car elle a remarqué que j'ai moins d'appétit... À quelques reprises, elle m'a d'ailleurs forcée à manger ce qu'il y avait dans mon assiette, en me rappelant à quel point j'étais vulnérable, en ce qui a trait à la nourriture.

Entre Sido et moi, les choses ne sont plus aussi simples qu'avant. Déjà, au lendemain de son anniversaire, j'éprouvais moins de plaisir en sa compagnie. Quelque chose s'est brisé au cours de cette fameuse soirée et je ne saurais dire exactement quoi. Ses manœuvres délibérées pour se débarrasser de la pauvre Annabelle afin de pouvoir vivre son amour avec Miguel me font désormais douter de sa franchise. Pourrai-je un jour me confier à elle sans retenue ni inquiétude, comme avant ? Je ne le sais pas. Penser que notre amitié est peut-être en péril me bouleverse. Depuis le début de notre secondaire, nous partageons tout : nos joies, nos peines, nos bons comme nos mauvais coups. Elle sait des choses de moi que ni Anaïs ni papi ne savent. Je pourrais difficilement me passer de sa joie de vivre. Toutefois, je viens de lui découvrir un côté sombre qui me fait tout remettre en question. Il faudra que j'en parle à mon psy lors de ma prochaine séance. Et pourquoi pas à Guillaume ? Après tout, c'est aussi un ami maintenant.

⋅•⋅

Il n'y a pas que Sidonie Dupont-Leblanc dans ma vie. Chaque année, vers la mi-mai, je retrouve mes copines de Chine, toutes adoptées par des parents québécois et arrivées ici lors du même voyage, il y a près de quinze ans ; sept petites filles venues d'un peu partout en Chine et que le hasard de la vie a réunies. C'est Anaïs qui a eu l'idée de ces retrouvailles annuelles afin que sa fille puisse demeurer en contact avec ses racines et développer de solides amitiés. Grâce à son premier site Internet, ma mère a pu nouer des liens avec tous les parents qui se sont tout de suite enthousiasmés pour son projet.

Au début, le groupe se retrouvait, par commodité et pour l'ambiance aussi, dans le Quartier chinois. Nous étions encore au berceau toutes les sept et il était facile pour nos parents de nous trimballer au resto pour quelques heures, puis de faire une promenade dans le quartier, chaque fillette dans sa poussette. Mais lorsque nous avons commencé à courir partout, à rire et à crier à tue-tête, un des parents du groupe a pensé qu'il serait préférable de revoir la formule. Il a alors proposé que chaque famille invite chez elle à tour de rôle le groupe pour notre rencontre annuelle.

Cette année, ce sont les parents de Maxine qui nous reçoivent dans leur belle demeure ancestrale en pierres des champs, située au bord du fleuve Saint-Laurent. Ma copine a beaucoup de chance d'habiter dans un tel endroit. Il y a deux ans, elle m'a accueillie chez elle pendant quelques jours. Chaque soir, de la fenêtre de sa chambre, nous contemplions le coucher du soleil qui irradiait de ses derniers feux avant de disparaître dans les eaux du fleuve. Un des soirs que nous observions le ciel, elle m'a confié que jamais elle ne pourrait vivre en ville, prisonnière des gratte-ciel et des autoroutes, et que le fleuve était pour elle une source de réconfort. Dans sa mémoire, elle a le souvenir très distinct d'avoir fait ses premiers pas en tenant la main de sa mère naturelle sur le bord du fleuve Yangtsé, qui traverse la ville où elle est née. Je la crois du plus profond de mon cœur. C'est un souvenir inscrit dans sa chair qu'elle chérit comme le plus précieux des trésors, le seul peut-être qu'il lui reste de sa vie d'avant. Moi, je n'en ai conservé aucun, et ça m'attriste… J'aime Maxine et j'ai très hâte de la retrouver. C'est elle qui a eu l'idée d'appeler notre groupe de copines « Le cercle des yeux bridés ». Pince-sans-rire, elle voulait se moquer de cette caractéristique physique propre aux Asiatiques et créer une vraie solidarité entre nous. Toutes les filles ont adoré l'idée et l'ont adoptée sur-le-champ.

Contrairement à ses habitudes, Anaïs est en retard et file à vive allure sur l'autoroute. Ce matin, elle a reçu un appel du bureau qui l'a retenue pendant plus d'une demi-heure au bout du fil. D'où notre retard. Hum, hum. J'imagine que c'est encore son vp. Lorsque l'occasion s'y prêtera, je vais avoir une sérieuse conversation avec elle à ce sujet. Il est peut-être temps qu'elle s'affirme et qu'elle dise sa façon de penser à son patron. Elle a le droit de profiter de ses fins de semaine comme tout le monde.

Vers midi, sous une pluie torrentielle qui a ralenti notre allure, nous parvenons enfin à destination. Tout le monde est déjà là et n'attend plus que nous. Je laisse ma mère avec les autres adultes et retrouve avec joie mes six copines. J'ai hâte de leur apprendre la nouvelle à propos de Guillaume! Dans notre cercle, il y a bien sûr Maxine, seize ans presque dix-sept, Rosalie, seize ans et demi, Mélodie, seize ans, Justine, seize ans aussi, Rose-Aimée, dix-sept ans, l'aînée du groupe, et Agnès, tout juste quinze ans et demi, la plus jeune d'entre nous.

Lorsque Maxine me voit apparaître dans la salle de séjour où les copines sont réunies, elle se précipite aussitôt dans mes bras. Toutes les amies de notre cercle l'imitent et c'est l'euphorie des retrouvailles. Nous avons tant changé en une année et pas seulement physiquement. Certaines parmi nous ont vécu un premier béguin, d'autres un premier chagrin d'amour. S'il me tarde de connaître l'histoire de l'une et de l'autre, je devine par tous ces regards tournés vers moi que je suis le point d'attraction de notre cercle.

— Alors, raconte! Ton texto était vraiment trop court! me presse Maxine, qui meurt d'envie d'en savoir plus.

— Comment est-il? Décris-le-nous, me demande Rosalie, les yeux tout écarquillés derrière ses grosses lunettes hyper fashion.

— Tu sors avec un gars? Trop cool! Mais qui, Danaé? Qui? m'interroge Agnès, qui semble toujours n'être au courant de rien.

Avant de me lancer dans les confidences, je veux d'abord m'assurer de pouvoir faire confiance à mes copines.

— Écoutez, les filles, je n'ai encore rien dit à ma mère…

— Pourquoi? m'interrompt Agnès. Est-ce top secret?

Irritée par sa dernière question, je lui réponds sur un ton sec afin de lui clouer le bec.

— Oui, c'est top secret pour l'instant, Agnès ! Guillaume et moi, ça fait seulement deux semaines qu'on sort ensemble. Pas deux ans !

— Ah ! On connaît enfin le prénom du petit ami de Danaé ! Il s'appelle Guillaume ! Tu nous en fais des cachotteries depuis septembre, me lance la belle Rose-Aimée, qui n'avait encore rien dit.

— Il est beau, Guillaume ? se risque à me demander Mélodie, la plus timide d'entre nous.

— Arrêtez de m'interrompre, les filles ! Si ça continue, je ne vous dirai rien. Tant pis pour vous.

— OK, dit Justine, agacée tout comme moi par les questions des copines. On se tait et on t'écoute.

— Ma mère ne sait rien encore parce que je connais à peine Guillaume. C'est pour ça que je vous demande de tenir votre langue. Anaïs serait blessée d'apprendre que je lui ai caché quelque chose d'aussi important. Alors, les filles, c'est promis ?

Après que chacune m'eut juré de ne rien dire à leurs parents, j'ai pu enfin leur raconter toute mon histoire avec Guillaume : sa prétendue indifférence, mes angoisses et mes fuites bien réelles, l'intervention salutaire de Sido, les premiers mots de Guillaume sur le parvis de l'école, notre rencontre au party d'anniversaire de Sido, notre première danse, notre premier baiser. Mes copines ont tout appris dans le menu détail mais, insatiables, elles m'en redemandaient encore. À ma grande surprise, j'ai fini par leur avouer que Guillaume était très tendre et très doux, beau comme un dieu, avec un corps à se pâmer, et qu'il embrassait divinement bien, presque à en perdre la tête. J'ai alors entendu des « oh ! » et des « ah ! » d'étonnement et d'admiration puis, presque à l'unisson, nous avons toutes éclaté de rire.

Alors que nous nous acheminons vers la salle à manger, dont la vue panoramique sur le fleuve est à couper le souffle, j'aperçois Mélodie qui, contrairement aux autres, paraît triste et soucieuse. Tout comme moi, elle est originaire du Hunan, où elle est née dans une ville voisine de la mienne. Je décide d'aller m'asseoir à côté d'elle à table, un geste qui me vaut un sourire plein de gratitude de sa part. Sa timidité presque maladive l'empêche de vraiment prendre sa place dans le cercle. Plus souvent qu'autrement, elle se contente de rire de nos blagues et n'émet jamais d'opinion. Mignonne comme tout, elle a encore des allures de petite fille, avec ses tresses et ses barrettes en forme de cœur. En attendant que les autres viennent se joindre à nous, je me risque à lui poser quelques questions.

— Ça va, Mélo ?

Elle opine de la tête, mais ne prononce pas un mot. Je décide malgré tout de continuer à la questionner, car je sens que quelque chose ne va pas.

— Es-tu contente d'être ici ?

Cette fois, elle se tourne vers moi et me répond sans détour.

— Oh oui, Danaé, c'est super ! C'est juste que…

Les joues empourprées, elle hésite, bafouille, cherche ses mots puis se lance enfin.

— C'est juste que… je me demandais si, moi aussi… je connaîtrai un jour… quelqu'un comme Guillaume. Je te trouve… tellement chanceuse, Danaé, d'avoir rencontré un garçon si… gentil, qui ne semble pas juste vouloir profiter de toi.

— Est-ce qu'un garçon t'a fait du mal ? que je lui demande, inquiète.

— Non, non, ne t'en fais pas, Danaé. C'est juste que… j'ai peur de tomber sur le mauvais numéro… J'ai entendu tellement d'histoires de filles trompées, à l'école, que je croyais qu'un gars comme Guillaume, ça n'existait pas.

— Tu sais, Mélo, moi aussi, j'avais peur. J'ai toujours peur, d'ailleurs. Je ne sais pas ce qui va arriver dans les prochaines semaines avec Guillaume. Je suis confiante, mais peut-être que ça ne marchera pas entre nous. Peut-être qu'on va se quitter et que je vais être comme une loque humaine pendant des semaines. J'essaie de profiter de chaque instant que je passe avec lui. C'est tout. Je me dis que c'est le mieux que je peux faire.

Je crois que mes paroles rassurent Mélodie, car pendant tout le repas, elle ne cesse de rire et de s'amuser. Elle se risque même à donner quelques opinions. Du jamais vu! Toutes les copines le remarquent.

Après le repas où, à ma grande surprise, j'ai mangé comme une gloutonne, mes amies et moi décidons d'aller nous promener sous la pluie. D'ordinaire, un dimanche pluvieux me donne le cafard, mais en compagnie des copines, c'est presque la fête. Munies de nos imperméables à capuchon et de nos bottes de pluie, nous marchons bras dessus, bras dessous sur un petit chemin de terre, sautant gaiement dans les flaques d'eau, humant l'air marin et l'odeur d'herbe mouillée en bordure du fleuve. Nous chantons, nous parlons de tout et de rien, heureuses d'être là, ensemble, dans cet endroit magique.

Ce moment d'insouciance et de légèreté se termine abruptement lorsque Maxine nous annonce qu'elle part pour tout l'été. Et devinez où ? Pour la Chine, sapristi !

— Quoi, tu retournes en Chine ? lui dis-je, complètement assommée par la nouvelle.

— Ouais, et je ne suis pas contente du tout ! grommelle-t-elle.

— Tu sais quoi, Max, moi aussi, je retourne en Chine ! Je n'en reviens pas. Maintenant je comprends pourquoi tes parents voulaient que tu suives toi aussi des leçons de mandarin. Pour te préparer à ce satané voyage de retour aux sources !

— Toi aussi tu vas en Chine ? intervient Rose-Aimée.

Contrairement à Maxine et à moi, notre copine rêve depuis longtemps d'y retourner. Comme ses parents adoptifs viennent de divorcer, ce voyage est plutôt improbable. Rose-Aimée vit d'ailleurs le divorce de ses parents comme un second abandon qui amplifie son besoin de retrouver sa terre natale. C'est presque une obsession pour elle.

— Ouais, que je lui réponds. Et moi non plus, ça ne me plaît pas du tout.

Furieuse de nous entendre parler ainsi toutes les deux, Rose-Aimée se lance dans un monologue désespéré pour exprimer son point de vue. Faisant cercle autour d'elle, nous l'écoutons sans mot dire.

— Vous ne vous rendez pas compte de la chance que vous avez, toutes les deux. Ça peut vous paraître ridicule ou impossible, mais moi, je rêve encore à ma vie d'avant. Je vois des lieux, des visages, celui de mon père et de ma mère, et je sens même des parfums et des odeurs. Chaque fois, je me réveille en pleurant et en me jurant qu'un jour je retournerai là-bas.

Elle s'arrête un instant, essuie ses larmes du revers de sa main et poursuit.

— Ça ne vous intéresse peut-être pas, mais moi, j'ai envie de savoir d'où je viens et qui sont mes parents biologiques. Si j'ai une petite chance de retrouver leur trace, c'est bien là-bas et pas ici ! Je ferai des recherches, je parlerai au personnel de l'orphelinat, et peut-être que j'arriverai à retracer ma mère bio...

— Mais tu sais bien que c'est impossible ! l'interrompt Justine, l'intellectuelle du groupe, la plus éloquente et cultivée de notre cercle, une vraie crack ! Les mères chinoises ne peuvent pas donner leurs enfants en adoption.

— Personne ne se donne vraiment la peine de chercher. Moi si ! Je frapperai à toutes les portes, je questionnerai les gardes à l'orphelinat, tout le monde. Même les autorités !

— Mais non ! renchérit Justine, avec une logique implacable qui laisse très peu de place aux émotions. Fais tes recherches si tu veux, mais la loi l'interdit. Tu ne connaîtras jamais ta mère biologique, Rose-Aimée ! Les mères n'ont pas d'autre choix que d'abandonner leurs enfants si elles ne veulent pas être poursuivies par la justice. Elles déposent le bébé, puis elles disparaissent dans la nature sans laisser de trace, ni d'adresse, évidemment.

Dépitée et sûrement ébranlée par le ton impératif de Justine, Rose-Aimée pleure maintenant à s'en fendre l'âme et de gros sanglots secouent ses épaules. Sa peine est immense et nous bouleverse toutes. Rosalie, qui pleure elle aussi, essuie ses lunettes et les remet, puis s'avance vers Rose-Aimée qu'elle prend et berce doucement dans ses bras.

Nous cherchons toutes nos racines chinoises, c'est instinctif, mais pas de la même manière ni au même moment. Si Rose-Aimée ressent le besoin de faire le voyage de retour aux sources, Maxine et moi ne nous sentons pas prêtes, trop émotives et trop confuses dans notre tête. Agnès est curieuse, tout au plus, de revoir l'orphelinat où elle est née et de faire un grand voyage au bout du monde ! Mélodie ne s'est pas encore prononcée sur la question, mais ça ne saurait tarder. Très rationnelle, Justine attend d'être plus âgée pour retourner là-bas « pour voir son pays natal avec des yeux d'adulte ». Rosalie est la seule d'entre nous qui a déjà vécu le voyage de retour aux sources, à l'âge de treize ans. « Quand j'ai vu l'orphelinat, la pauvreté et tout ce monde, eh bien, j'ai pleuré, nous a-t-elle confié un jour. La nourriture chinoise n'était pas très bonne, et pas comme celle qu'on sert ici. » Bizarrement, c'est en rentrant au Québec que Rosalie a commencé réellement à s'intéresser à ses racines. Depuis deux ans, elle apprend la langue et la calligraphie chinoises, et elle se jure qu'elle retournera en Chine pour ses études universitaires.

Nous séchons nos larmes et décidons de revenir à la maison. Nous recommençons à parler de tout et de rien, mais surtout de Guillaume, un sujet qui a le don d'apaiser et de faire rire les filles du cercle des yeux bridés. Malgré le fait que nous nous voyions très peu, notre complicité ne s'est jamais démentie. Nous nous appelons, nous clavardons et nous nous envoyons des textos tout au long de l'année ; parfois, l'une d'entre nous en visite une autre. J'ai beau avoir déjà dit à ma mère que j'en avais marre de ces rencontres annuelles, mais elles me font un bien fou. Le cercle des yeux bridés, c'est pour la vie, j'en suis convaincue maintenant, surtout après ce que nous venons de vivre aujourd'hui sur le petit chemin de terre sinueux au bord du fleuve. Je sais que les copines seront là pour moi, et moi pour elles.

•◦•

19 mai
Mon Anonymouse,
J'entends encore les sanglots de Rose-Aimée dans ma tête. Et ça me fait mal. Mais contrairement à elle, la

Chine, pour moi, ce n'est pas une nécessité. Tous ceux que j'aime sont ici et pas là-bas. Depuis la fameuse leçon avec Mme Wang, je commence enfin à comprendre qui je suis et à accepter ma double identité. Alors, ce voyage en Chine vient un peu trop tôt pour moi. J'ai encore du ressentiment envers mes parents biologiques. Mais peut-être que je comprendrai mieux leur geste une fois que je serai là-bas... ☹

CHAPITRE 9

Les petites amoureuses

Durant la semaine qui a suivi mes retrouvailles avec le cercle des yeux bridés, je n'ai pas cessé de penser à notre voyage en Chine. Dans quelque temps, nous nous envolerons pour l'empire fleuri (j'ai lu qu'on appelait ainsi la Chine dans un texte sur Internet). Ma mère ne m'en parle pas, mais je sais qu'elle travaille d'arrache-pied aux préparatifs ; elle a déjà obtenu les visas exigés pour notre séjour et pris les rendez-vous chez le médecin pour les vaccins que nous devrions commencer à recevoir très bientôt.

Hier, j'ai pris la décision de lui donner un coup de main pour son blogue. Comme elle s'absente de plus en plus souvent de la maison et ne rentre que tard le soir, c'est peut-être la seule occasion pour moi de lui mettre le grappin dessus.

Quand j'ai annoncé à Guillaume que je ne serais pas disponible samedi, il a semblé déçu.

Il aurait aimé que j'assiste à un match de son équipe de basket-ball et me présenter à tous ses copains. J'ai été très touchée par son invitation qui, je l'ai compris à sa mine dépitée, était importante pour lui, mais je n'avais tout de même pas l'intention de changer mes plans. Et puis, bon, il aurait pu me prévenir avant. « J'irai une prochaine fois », lui ai-je promis en me blottissant contre lui. Visiblement contrarié, il m'a donné un baiser furtif sur les lèvres et s'est détaché de mon étreinte. Après quelques instants d'un étrange silence entre nous, il a fini par me lancer : « Bof, tu fais comme tu veux. » Une réponse vraiment moche qui m'a fait perdre la tête. Plutôt que de discuter calmement avec lui, j'ai préféré m'enfuir. Encore mon vieux réflexe de survie ! En tout cas, j'ai beaucoup regretté mon geste, car hier, à la sortie des cours, il n'était pas là pour m'attendre. Comme une folle, je l'ai bombardé d'appels et de textos pendant toute la soirée. J'ai même cru que j'allais perdre les pédales. Et personne à qui en parler... Même pas Sido, à qui je ne fais plus confiance comme avant. Un peu avant minuit, mon cellulaire s'est mis à vibrer sur mon oreiller. Un message de Guillaume : « Je suis fatigué... Je t'appellerai demain matin. » Évidemment, je n'ai pas fermé l'œil de la nuit. Je me suis dit : « Pas un gars ne supporterait une crise comme celle-là. C'est sûr, on va casser, c'est fini. » Bref, je nageais en plein drame, comme d'habitude.

Le lendemain, très tôt, il m'a appelée comme prévu. Je m'étais préparée au pire.

— Danaé, c'était quoi au juste tous ces appels et ces textos ? Tu as presque failli me rendre fou !

— Je sais... j'ai un peu perdu les pédales, ai-je réussi à admettre. Quand j'ai vu que tu n'étais pas là, à la sortie de l'école hier après-midi, j'ai pensé...

— Tu as pensé quoi ?...

— Eh bien, j'ai pensé que tu étais furieux contre moi parce que je ne pouvais pas assister à ton match de basket-ball samedi.

— Quoi ? Tu n'es pas sérieuse ! Tu as fait une montagne avec ça ? Non, j'étais déçu, mais pas en colère contre toi. Et puis, tu oublies un détail, Danaé.

Qu'ai-je donc pu oublier exactement ? J'ai beau fouiller dans mon cerveau, rien ne me vient.

— Je t'ai dit hier, juste avant qu'on ait cette conversation et que tu me plantes là comme un idiot, que j'avais un entraînement d'avant-match en fin de journée vendredi, et donc que je ne serais pas là à la sortie des cours. Tu ne t'en souviens pas, hein?

— Non, pas du tout... ai-je avoué, à ma grande honte. Je suis vraiment désolée pour toute cette histoire...

— Ouais, pas une histoire, mais plutôt une tempête dans un verre d'eau... a-t-il ajouté avec une pointe d'exaspération dans la voix. Es-tu toujours comme ça?

— Qu'est-ce que tu veux dire, au juste? ai-je demandé, inquiète.

— Au bord du drame! C'est épuisant, tu sais, une crise comme celle-là. S'il y en a d'autres, je ne sais pas si je vais pouvoir continuer, comprends-tu, Danaé?

— Oui, je comprends, ai-je répondu, pleine de remords et de culpabilité.

— Écoute, je dois te laisser. Je vais me préparer pour mon match. On se reparle bientôt, OK?

— OK, Guillaume... La prochaine fois, je serai là, promis!

— Cool! J'ai tellement hâte de te présenter à tous les copains! Tu vas les trouver vraiment super!

— OK! Je te dis « merde » pour ton match d'aujourd'hui!

Fin de ma première crise avec Guillaume... Le pire n'a pas eu lieu.

•-•-

Comme il est difficile de partir pour un long voyage et de vivre une histoire d'amour. Et puis, il y a qui je suis. Selon les explications hyper savantes de mon psy, je souffrirais d'un complexe d'abandon qui me pousserait à adopter toutes sortes de comportements bizarres dès que « je pense qu'une relation essentielle pour moi pourrait être menacée à la suite d'une dispute ». Crises de boulimie, pleurs, fuites répétées, insomnie, c'est un peu ce que je vis en ce moment. Peut-être que ma relation avec Guillaume va m'aider à progresser sur ce plan... Mais c'est compliqué, car je ne sais jamais comment je vais réagir. Ouf! Parfois, je voudrais redevenir une petite fille innocente et sans-souci dans les bras d'Anaïs. Mais ai-je déjà été insouciante dans ma vie, même petite?

•-•-

Il y a maintenant plus d'un mois que je n'ai pas collaboré au blogue d'Anaïs. Je l'aide aujourd'hui, mais je ne m'engage pas pour une éternité ! En fait, mon but réel est de me retrouver seule avec elle afin de savoir ce qu'elle mijote dans son coin, mis à part ses succulentes recettes, et de lui annoncer enfin la nouvelle à propos de Guillaume.

Après notre circuit habituel, nous rentrons à la maison pour préparer les plats au menu et la séance photos. À ma grande surprise, Anaïs m'annonce qu'elle me laisse l'entière responsabilité de la direction photo ! Sapristi, j'ai dû lui manquer pour qu'elle accepte une chose tout à fait impensable il y a peu de temps à peine. Le Canon Rebel entre les mains, j'effectue quelques ajustements sur l'appareil, puis je regroupe certains accessoires essentiels pour la séance photos : éclairage, nappes, plats, ustensiles, etc. Je connais déjà le menu : deux spécialités du Hunan, des écrevisses épicées et le poulet aigre-piquant Dong'an, revisitées par Anaïs et dont la puissance sur l'échelle de Richter du goût s'élève à plus de trois piments ! Nous cracherons le feu comme des dragonnes ! La cuisine de ma région natale est très relevée et très salée. Rien à voir avec celle, très sucrée, du Canton, région d'où proviennent les dims sums, les petits pâtés dont je suis si friande !

Dès que ma mère se met à ses fourneaux, je la mitraille : elle, son joli tablier blanc et ses casseroles. Avec le Canon, je capte une à une toutes les étapes de préparation de chaque mets. Je n'hésite pas à prendre tous les clichés dont j'ai envie : vue en contre-plongée dans une marmite d'où sortent de légères volutes, plan rapproché d'un appétissant morceau de poulet dans une assiette, détail d'un arrangement d'herbes et de verdure autour des écrevisses, rien ne m'échappe. De temps en temps, je télécharge les photos sur le portable d'Anaïs afin de visualiser la qualité de mes prises de vue. Je m'amuse comme une folle et l'idée m'effleure même l'esprit de devenir un jour photographe. Pourquoi pas ? J'en glisse un mot à ma mère qui, une cuillère à la bouche, me regarde en hochant la tête : elle est tout à fait d'accord avec moi ! Une fois à table, je prends encore quelques photos des plats que ma mère a concoctés. Nous sommes parvenues à la dernière étape, celle que je préfère évidemment, vous vous en doutez : la dégustation ! Notre verdict est sans pitié : si nous apprécions plus ou moins un plat, nous ne le mettrons pas en ligne et en supprimerons même les photos ! Et vlan ! Cette fois, tout est impeccable et piquant — j'en pleure tellement le poulet est pimenté —, ma mère a cuisiné comme une reine dans son antre!

Durant la séance, la complicité entre nous était palpable. De temps à autre, Anaïs m'invitait à goûter un plat afin d'en vérifier l'assaisonnement; parfois c'est moi qui lui demandais conseil pour obtenir le meilleur angle pour une photo. Nos gestes étaient en parfaite harmonie et aucune n'a gêné le travail de l'autre. C'est le genre de moment que je chéris et qui m'apaise tout autant qu'une tasse de thé avec Mme Wang.

Comme je crains de gâcher nos retrouvailles, je décide de ne pas lui parler de Guillaume tout de suite. Je veux garder cet instant rien que pour nous deux. Arrêter le temps. Un peu. Si c'est possible.

·—·

Le lendemain matin, l'envie me prend d'aller retrouver Anaïs dans son immense lit aux draps soyeux. À pas feutrés, je me dirige vers le lit et me glisse sous la couette où une douce chaleur m'accueille. Je me blottis contre ma mère, dont la cage thoracique se soulève au gré de sa respiration. Je ferme les yeux et me replonge dans mon enfance où chaque dimanche ma mère et moi déjeunions au lit. Collées l'une contre l'autre, nous mangions nos croissants au beurre et nos muffins sans nous soucier des miettes qui tombaient partout. Parfois, l'idée nous venait de sauter comme des folles sur le matelas ou de nous lancer dans une bataille d'oreillers. De vrais moments de rigolade qui nous nourrissaient pour la semaine entière jusqu'au dimanche suivant. Je ne sais pas quand ni pourquoi, mais les petits-déjeuners au lit ont cessé. Peut-être est-ce parce que je n'arrive plus à me lever avant midi le dimanche!

— Bonjour, mon trésor, me dit ma mère d'une voix ensommeillée. C'est bien que tu sois là.

— Comme quand j'étais petite!

— Tu te rappelles comment tu aimais te cacher comme une chatte sous les couvertures et me chatouiller la plante des pieds?

— Oui, et tu te réveillais en criant et en me suppliant d'arrêter!

— C'était quand même une drôle de façon de me réveiller!

— Il faudrait recommencer à le faire.

— Quoi, à me chatouiller?

— Non, à prendre le petit-déjeuner au lit.

— Excellente idée! Mais il faudrait que tu te lèves un peu plus tôt, me conseille-t-elle tout en me caressant la joue. Aujourd'hui, c'est parfait.

Je me lève et j'ouvre le rideau de la fenêtre la plus proche pour laisser pénétrer un peu de lumière. Puis je retourne immédiatement sous les draps afin de poursuivre cette conversation impromptue avec ma mère. De bonne humeur, je me sens fin prête à me confier à elle à propos de Guillaume. Je suis d'ailleurs sur le point d'ouvrir la bouche lorsque ma mère me prend de vitesse.

— Écoute, Danaé, j'ai quelque chose à te dire. Il y a quelqu'un dans ma vie...

Non, mais, c'est une malédiction!!! Chaque fois que je m'apprête à lui dire quelque chose d'important, elle me coupe la parole et m'annonce une nouvelle-choc. Le feu me monte aux joues!

— Quelqu'un dans ta vie! Qu'est-ce que tu veux dire au juste? lui dis-je d'une voix blanche.

Je crois deviner de quoi elle parle, mais je pose tout de même la question, le temps de reprendre mon souffle.

— Eh bien, oui, je fréquente quelqu'un, Danaé, me confie-t-elle, en se redressant dans le lit. Un homme que tu ne connais pas encore, mais que je te présenterai très bientôt, j'espère. Ce n'était pas dans mes plans, mais on ne contrôle pas tout dans la vie, et surtout pas ses élans du cœur, tu sais.

— Qui est-ce ? que je lui demande, sur un ton presque inquisiteur.

— Il s'agit d'un collègue de travail…

— Un collègue de travail ! Qui exactement ?

— En fait, il s'agit plutôt de l'un de mes patrons… Tu sais, je t'ai déjà parlé de lui.

— Ah oui ? Dis-moi son nom, maman…

Je devine maintenant de qui elle parle, mais je veux lui laisser la primeur. Courage, Anaïs !

— C'est Charles, le nouveau vice-président, me dévoile-t-elle enfin.

Je découvre le pot aux roses ! Je sais maintenant où elle passait ses soirées et ses samedis : dans les bras de Charles, le vp !

— Le vp du bureau ? Celui qui a toujours besoin qu'on l'aide pour la moindre niaiserie ?

Mon ton est cinglant, je le sais, mais je me sens quelque peu flouée : elle aurait pu m'en parler plus tôt.

— Danaé, la situation est compliquée pour moi. Je voulais d'abord m'assurer que cet homme me plaisait vraiment avant d'aller plus loin. Car il y aura des conséquences si je m'investis dans cette relation.

— Quelles conséquences au juste ?

Mon cœur bat la chamade et la tête me tourne.

— D'abord, je veux être certaine que ma fille se plaira en compagnie de cet homme. Et la réciproque est vraie aussi.

— Et pourquoi donc ? C'est toi qui sors avec lui, pas moi !

— Danaé, tu as toujours été ma priorité et tu le resteras. Pour toujours ! Si ça ne colle pas entre Charles, toi et moi, eh bien, la relation ne pourra pas continuer. Si Charles s'intéresse vraiment à moi, il devra aussi se préoccuper de ma fille. Et là-dessus, il n'y a aucune négociation possible.

Je suis sidérée. Depuis toujours, ma mère m'élève en solo et jamais un amoureux n'a habité avec nous dans cette maison. Anaïs a-t-elle eu quelques aventures ? Peut-être, mais je soupçonne que non. Pas étonnant qu'elle ait rencontré quelqu'un au boulot. Comme le dit si bien Sido, elle ne fait que ça, travailler !

Pendant que je réfléchis, Anaïs poursuit son plaidoyer en faveur de Charles.

— Si tout fonctionne, nous savons, Charles et moi, que nous devrons prendre des décisions importantes. Je devrai peut-être me chercher du travail ailleurs. Je ne veux pas trop m'avancer, mais si la relation devient sérieuse, il faudra peut-être aussi déménager.

— Déménager ! Ah non ! Mais pour aller où ? Nous avons toujours habité ici.

Percevant mon inquiétude, ma mère pose doucement son bras sur mes épaules puis fixe son regard dans le mien.

— Tu sais, ma chérie, Charles est quelqu'un de très bien. Je n'aurais pas donné suite à cette histoire si cet homme ne m'avait pas semblé intéressé à te rencontrer. Je lui ai parlé de toi et il a hâte de faire ta connaissance. C'est bon signe, n'est-ce pas ?

— Donc, c'est du sérieux, entre vous ?

— Oui, je pense. Charles n'a pas d'enfant, mais il dit les aimer. Il me parle d'ailleurs avec beaucoup d'affection de son neveu Alexis.

— Et quand vas-tu me le présenter ?

— La fin de semaine prochaine, si tu veux. Je me proposais d'inviter toute la famille pour un petit festin. Je lancerai aussi une invitation à Maxine et à ses parents, qui seront à Montréal à ce moment-là et qui partent comme nous pour la Chine. On verra bien comment Charles se débrouillera au milieu de la tribu des Savoie et des amis. Ce sera un bon test!

Pour la première fois depuis le début de cette conversation, nous éclatons de rire toutes les deux. L'occasion est belle pour enfin lui parler de Guillaume.

— Maman, j'accepte de le rencontrer, mais à une condition.

Intriguée, Anaïs tend l'oreille et attend la suite.

— Que tu ajoutes un autre couvert à table! m'entends-je lui dire tout de go.

Les yeux ronds comme des billes, ma mère m'observe avec incrédulité. Ah, ah, Anaïs! À mon tour de te surprendre et de t'imposer mes choix!

— Quoi? Tu as un petit ami?

— Oui!

— Pourrais-je savoir depuis quand?

— C'est un interrogatoire, ou quoi?

— Danaé, tu as seulement quinze ans, me dit ma mère sur un ton autoritaire qui me déplaît.

— Bientôt seize! Et nous soulignerons d'ailleurs l'événement par un voyage de l'autre côté du globe ! que je rétorque, avec une pointe d'ironie dans la voix.

— Comment s'appelle ce garçon ?

— Si tu veux tout savoir, il s'appelle Guillaume Ladouceur, il a seize ans, il fréquente la même école que moi et il joue dans l'équipe de basket-ball. Nous avons commencé à sortir ensemble après le party d'anniversaire de Sido.

— Et tu ne m'as rien dit ? me lance ma mère, affolée.

Comme je m'attendais à cette question, je vais pouvoir y répondre facilement. De toute façon, c'est la vérité.

— C'est comme tu me l'as expliqué tout à l'heure, je voulais moi aussi voir si la relation allait continuer. Pour l'instant, tout va bien.

— Les parents de Guillaume sont-ils au courant de votre relation ? m'interrompt sèchement ma mère.

Alors, là, je n'en ai aucune idée ; ma mère me prend de court. Après tout, Guillaume et moi entamons à peine notre relation.

— Je ne sais pas !

Ma réponse ne la rassure pas du tout. Elle me demande un compte rendu exact de nos allées et venues, Guillaume et moi, depuis le

4 mai dernier, jour du party d'anniversaire de Sido. Toujours pas tranquillisée, elle s'empare de son BlackBerry sur la table de chevet et appelle les parents de Sido, les Dupont-Leblanc, qui lui confirment que j'ai bel et bien dormi chez eux dans la nuit du 4 au 5 mai. Seule dans la chambre d'ami! J'ai honte! Une vraie enquête de police! Devrais-je en faire autant pour son vp? Finalement, après avoir joint Guillaume sur son cellulaire et lui avoir expliqué la situation, Anaïs prend rendez-vous avec sa mère pour un café cet après-midi même. Avant de quitter la chambre, ma mère discute avec moi pour la énième fois de « tout ce qu'une jeune fille qui fréquente un garçon devrait savoir ». Non mais, elle exagère! Comme d'habitude, elle me force à aborder les questions plus intimes. Par-dessus tout, elle craint que je m'accroche et que j'aie le cœur brisé si ça ne fonctionne pas avec Guillaume. Je ne l'avouerai pas, mais je sais qu'elle n'a pas tout à fait tort. Qui d'autre que ma mère sait à quel point je suis fragile? « Un cœur en soie », m'a-t-elle dit un jour.

•◆•

Le 26 mai

Cher Anonymouse,

Ma mère a rencontré celle de Guillaume. Guillaume m'a tout raconté au téléphone. Il n'arrêtait pas de rire. Mme Ladouceur et Anaïs ont décidé de nous surveiller de près. Comme deux enfants ! Ça m'énerve ! Tout ça à cause d'Anaïs, une vraie mère poule !!!

Bonne nouvelle : dimanche prochain, Guillaume sera de la petite fête à la maison. Avec le vp !

Je ne sais pas pourquoi, mais ça m'agace qu'Anaïs soit amoureuse en même temps que moi ! Et puis, ce vp, je n'ai vraiment pas hâte de le rencontrer, mais ma mère semble vraiment y tenir. Donc, pas le choix !

Tout à l'heure, ma mère est venue me voir avant d'aller au lit. Le sourire aux lèvres, elle m'a remerciée d'avoir réalisé de super photos pour son blogue, puis elle m'a dit : « Toi et moi, nous sommes deux petites amoureuses. »

En passant, Guillaume et son équipe ont remporté leur match de demi-finale au basket-ball. Youpi !

CHAPITRE 10

Requiem pour deux solos

« Ne t'en fais pas, Danaé. On va s'amuser comme des fous, dimanche prochain ! »

Après la pause de midi, Guillaume et moi avons trouvé refuge sous un arbre dans la cour de l'école. À l'abri du grand saule, loin du tumulte de la cafétéria et des commérages, nous tentons de trouver un peu d'intimité afin de pouvoir discuter tranquillement. Je me rends compte combien il est difficile de vivre une histoire d'amour à quinze ans non seulement à la maison, mais aussi à l'école : beaucoup d'élèves se moquent des « petits couples » et ne se gênent pas pour faire des blagues vraiment moches. Même Alex Dandurand se paie la tête de son soi-disant meilleur copain et de sa « petite Chinoise ». Une façon plus ou moins subtile d'exprimer son mécontentement à Guillaume, qui le délaisse et sort de moins en moins souvent avec lui. Je soupçonne qu'il éprouve aussi de l'envie à son endroit. Car il a beau se vanter, les filles ne tombent pas à ses pieds en le voyant. Et puis, il n'a toujours pas digéré son échec avec Annabelle, qui le snobe et qui lui a trouvé un remplaçant depuis très longtemps déjà.

Si Guillaume, quelque peu philosophe, prend tout cela avec un grain de sel, pour ma part, je ne peux pas en dire autant. Les moqueries d'Alex et des autres copains de l'école m'affectent. Guillaume ne cesse de me répéter de ne pas m'en préoccuper, mais rien n'y fait. Son discours est le même en ce qui concerne Sido, qu'il faut « prendre comme elle est », c'est-à-dire sans se poser de questions, et le nouveau *chum* de ma mère : « Tu verras, il sera très gentil avec toi. » Bref, tout est parfait. Moi, ce discours, ça m'énerve !

— Mais je me fous qu'il soit gentil ou non avec moi ! Tout ce que je sais, c'est que nous allons probablement déménager dans un autre quartier, peut-être même dans une autre ville. Ce qui signifie que je changerai d'école à mon retour de Chine et qu'on ne se verra plus.

— Danaé, m'implore Guillaume en se pressant tout contre moi avec chaleur, arrête de toujours fabriquer les pires scénarios. Tu n'en sais rien. Donne une chance à ce bonhomme que tu n'as même pas rencontré. Fais-le pour ta mère. On est lundi, tu as toute la semaine pour y penser.

— Écoute, je trouve cette situation difficile. Depuis toujours, notre famille, c'est Anaïs et moi. Un point, c'est tout. Je n'ai jamais eu de père et le seul homme qui compte pour moi, c'est mon grand-père. Je ne veux pas de père ! Surtout pas maintenant que j'ai quinze ans, bientôt seize ! Il est trop tard pour que quelqu'un commence à me dire quoi faire. De toute façon, si le copain de ma mère veut m'imposer quoi que ce soit, ce sera la guerre !

— Heille, tu n'es vraiment pas cool, Danaé. Tu juges un homme que tu ne connais même pas !

— Mais oui, je le connais, ce type. C'est le vp du bureau, le patron de ma mère. Tu sais ce que ça veut dire ? Que ma mère va devoir se démener pour trouver un autre emploi parce que, évidemment, personne n'aime les histoires d'amour au bureau. C'est Anaïs elle-même qui me l'a dit. Ma mère devra chambouler sa vie, la mienne y compris, pendant que lui restera assis sur son siège de vp. C'est injuste !

— OK, Danaé, je comprends que tu sois bouleversée : tu as peur de changer de quartier, de ville et d'amis. Moi aussi, j'ai peur de te perdre et je vais tout faire pour éviter ça. Mais, bon sang, prends au moins le temps de le connaître !

Plus ça va, plus Guillaume ne cesse de m'étonner. J'ai honte de l'avouer, mais à cause de sa beauté, j'ai toujours pensé qu'il devait être… superficiel… Je découvre au contraire que Guillaume est un être profond qui s'exprime avec clarté. Comme papi, il ne craint pas de me tenir tête et de défendre un point de vue différent du mien s'il le faut. En fréquentant Guillaume, je prends conscience qu'il m'est difficile d'admettre qu'un homme puisse jouer un rôle important dans ma vie. Est-ce à cause du fait qu'Anaïs m'a élevée seule ou bien parce que mon père biologique a, d'après mon raisonnement et selon mon psy, failli à la tâche ? En fait, le seul homme qui a trouvé grâce à mes yeux, c'est mon grand-père. Papi André. Maintenant, Guillaume est là, il veut prendre « sa » place. Tout comme Charles, le vp… Hmmm…

— OK, tu as raison, je vais lui donner sa chance.

— Ouais, et puis si ça se trouve, tu vas l'adorer ! me lance-t-il en riant.

— Pff, ça m'étonnerait.

162

— En tout cas, tu vas pouvoir enfin me présenter ton amie Maxine, non ? Depuis le temps que tu me parles de ton cercle des yeux bridés, j'ai bien hâte de rencontrer l'une de tes copines de Chine.

— Sauf que Sido ne sera pas là !

Très enthousiaste il y a un instant à peine, Guillaume me regarde d'un air déconfit. Après un moment de silence, il hausse les épaules et finit par répondre à ce qui est en fait une question déguisée de ma part.

— OK, Danaé, je sais que tu veux me parler de Sidonie Dupont-Leblanc depuis longtemps. Moi, je n'ai pas vraiment d'opinion sur cette fille. Elle est comme elle est. Drôle et sympa. Pour toi, c'est autre chose : c'est ta *best*. Alors, si tu n'as plus confiance en elle, peut-être que tu as raison de t'éloigner d'elle. De toute façon, si elle tient vraiment à toi, elle fera tout pour sauver votre amitié. Si elle ne le fait pas, eh bien, tu sauras à quoi t'en tenir.

Décidément, tout est tellement simple pour Guillaume. Un ciel limpide, quoi ! Moi, c'est toujours l'orage dans ma tête, avec quelques rares moments d'accalmie. Je sais que je devrai bientôt parler à Sido qui, depuis son party

163

d'anniversaire, ne m'appelle presque plus après les cours et annule souvent nos rendez-vous. De plus, comme elle fréquente Miguel Aubin, nous nous voyons de moins en moins souvent à l'école ou ailleurs.

Pour montrer à Guillaume à quel point ma relation avec Sido se dégrade, je lui raconte un incident survenu la semaine dernière. Tous les mercredis, depuis le début de l'année, Sido et moi allons manger à un casse-croûte situé près de l'école. Pour rien au monde ni l'une ni l'autre n'aurait manqué ce rendez-vous presque sacré ! Mais mercredi dernier, les choses ne se sont pas passées comme prévu.

— Alors, Sido, est-ce qu'on va manger ensemble à midi au casse-croûte ? lui ai-je demandé à la sortie d'un cours de maths, dans un corridor de l'école.

— Oh ! C'est aujourd'hui ! Mon Dieu ! Je croyais qu'on avait annulé ce rendez-vous, m'a-t-elle dit en plissant le front.

— Ah bon ! Mais quand ?

— Je ne sais pas... C'est flou dans ma mémoire...

— Moi, je ne m'en souviens pas du tout, lui ai-je répondu avec agacement.

164

— Écoute, ma cocotte, on pourrait peut-être remettre ça à mercredi prochain. Je suis désolée, mais j'ai un autre rendez-vous à midi.

— Un autre rendez-vous ?

— Oui, avec Miguel. Il vient justement vers nous ! Youhou, Miguel !

En quelques enjambées, Miguel est parvenu jusqu'à nous et a embrassé Sido sur la bouche. Puis il s'est tourné vers moi et m'a adressé chaleureusement la parole.

— Salut, Danaé ! Comment vas-tu ? Je viens justement de croiser Guillaume il y a une minute. Il m'a dit que tu avais un rendez-vous pour le lunch. Je suppose que tu viens manger avec nous au resto…

En l'entendant prononcer cette dernière phrase, Sido a rougi et a jeté un regard embarrassé à Miguel, qui ne savait plus quoi penser. Visiblement, il venait de déranger les plans de sa petite amie.

— Non, excuse-nous, Danaé, mais Miguel et moi avons des choses importantes à discuter et je préférerais que nous soyons seuls… Tu comprends ?

Tu parles ! Ce que j'ai compris, moi, c'est que 1) Sido avait oublié notre rendez-vous et

2) elle m'avait larguée sans trop de problème « parce qu'elle avait des choses importantes à discuter » avec Miguel ! Tiens, donc. Même lui ne semblait pas au courant...

En tout cas, Miguel, un vrai mollasson, n'a pas osé la contrarier et, malgré ma peine, je leur ai souhaité un bon repas et ai tourné les talons en direction de la cafétéria.

N'empêche que Sido ne pourra pas toujours me filer entre les doigts. Un jour prochain, quand j'en aurai le courage, je finirai bien par lui mettre la main dessus et par lui dire ma façon de penser une fois pour toutes, au risque même de provoquer une rupture entre nous. On verra bien.

La cloche sonne la reprise des cours. Guillaume, qui a écouté mon histoire sans prononcer un mot, m'étreint et m'embrasse avec fougue, puis nous quittons notre refuge. Bras dessus, bras dessous, nous nous dirigeons vers le bâtiment principal sans nous presser. J'aime Guillaume, j'en suis certaine. Je sais qu'il me désire, mais il ne me bouscule pas. Il attend que je sois prête. Quand le serai-je ? Je n'en ai pas la moindre idée. J'ai tant de choses qui me préoccupent, dont évidemment ce voyage en Chine qui arrive à grands pas. D'ailleurs, je deviens folle d'angoisse en pensant que je serai bientôt séparée de Guillaume pendant un mois. Sera-t-il tenté d'aller voir ailleurs ? Sera-t-il là à mon retour ? Et moi, dans quel état serai-je lorsque je reviendrai ? Vais-je être allégée d'un poids ou être encore plus confuse qu'avant ? Vais-je me réconcilier avec mon passé ou être encore plus en colère qu'avant contre mes parents biologiques ? Pour oublier toutes ces questions qui m'assaillent, je presse la main de Guillaume, dont la présence m'est aussi indispensable que de respirer l'air ambiant. Un sourire, une caresse, un baiser et me revoilà gaie et insouciante, prête à affronter le monde extérieur.

·–·

Le 1ᵉʳ juin

Cher Anonymouse,

La semaine a filé super vite. Mercredi, j'ai reçu un texto de Maxine. Elle a très hâte de me revoir et de rencontrer Guillaume. Elle n'en revenait pas d'apprendre que ma mère avait un chum. Seul point d'inquiétude : Rose-Aimée. Le dimanche, après notre promenade sur le bord du fleuve, le père de Rose-Aimée a compris qu'il s'était passé quelque chose. Après avoir discuté avec sa fille, ils ont quitté la fête subito presto. Pas une seule fille du cercle n'a reçu de

nouvelles d'elle depuis ce fameux dimanche. Rien du tout.
Niet, niet, niet. Pas de texto, pas d'appel, pas de message
sur Facebook. Peut-être que le père de Rose-Aimée pense
que nous avons une mauvaise influence sur elle. J'espère
qu'il ne va pas la forcer à abandonner le cercle des yeux
bridés. Ce serait très dur pour elle et pour nous toutes.
Demain, tout le monde sera réuni pour le brunch. Papi
et mamie, Alice et son copain, Maxine et ses parents,
Guillaume et moi, ma mère et son... vp. Ce sera vraiment
bizarre, toutes ces personnes mises ensemble. ☹

··•··

Les bras chargés de paquets, mamie et papi
se présentent les premiers à notre brunch afin
de célébrer notre départ pour la Chine. C'est
à peine croyable ! Dans trois semaines, notre
petite tribu partira à l'autre du bout du monde.

Pendant qu'Anaïs et mamie s'affairent à la
cuisine, papi et moi dressons la grande table de
la salle à manger en bavardant de tout et de rien.
Nous descendons ensuite au sous-sol en quête de
quelques bonnes bouteilles dans le cellier impro-
visé de ma mère : une sorte de chambre froide qui
conserve tout à la température idéale ou presque.
Avant de remonter à l'étage, papi me fait signe de
venir m'asseoir sur le divan décrépit et poussiéreux

que ma mère promet depuis des lustres d'envoyer à l'Armée du Salut. Depuis le temps qu'il cherche à me mettre la main au collet, je ne peux pas lui refuser ce tête à tête. À ma grande surprise, ce n'est pas de la Chine dont il me parle d'abord, mais d'amour! Il est très ému d'apprendre que j'ai un petit ami et s'amuse du fait que sa fille et sa petite-fille ont rencontré l'amour au même moment.

— Une étrange trajectoire des astres, tu ne trouves pas, ma petite perle? me demande mon grand-père en s'esclaffant.

Moi, je ne ris pas du tout et je suis sérieuse comme un pape.

— Danaé, voyons! Que se passe-t-il? Pourquoi fais-tu cette tête-là? Ce sera toute une fête, ce brunch! Ma femme, mes deux filles, ma petite-fille, les gendres et les amis, onze personnes réunies à la même table, c'est un rare moment de réjouissance, ça, Danaé! Alors, qu'est-ce qui ne va pas?

Bon, autant me lancer. Allez, Danaé, courage!

— Ce vp, je n'ai pas envie de faire sa connaissance.

— Mais pourquoi, ma petite perle? Donne-lui au moins une chance. Et arrête de l'appeler le vp. Il a un prénom, que je sache.

Évidemment, il me sert le même baratin que Guillaume. Je devine qu'ils vont bien s'entendre, tous les deux !

— J'en sais assez sur lui pour me faire une idée. Je n'ai pas envie de le voir. Mais comme d'habitude, je n'ai jamais le choix de rien, moi.

— Ma petite perle, au risque de passer pour un vieux pépé rétrograde, j'aimerais tout de même te rappeler que ta mère a fait beaucoup de sacrifices pour toi, commence papi en vrillant ses yeux aux miens. Comme elle n'arrivait pas à trouver un compagnon qui lui plaisait assez pour songer à s'engager avec lui, elle a préféré t'élever seule afin de t'offrir un foyer stable et paisible. Je ne sais pas si ce choix a été difficile pour elle, mais dès le moment où elle a pris la décision de t'adopter, tu es devenue « sa » priorité.

— Alors, qu'est-ce qui a changé ?

— Eh bien, comme tu es grande maintenant et que tu voleras bientôt de tes propres ailes, je suppose qu'elle se sent prête à vivre un nouvel amour. Je n'ai pas encore rencontré cet homme, mais je sens que c'est quelqu'un de bien. Anaïs ne se fie plus depuis longtemps à ses premiers battements de cœur. Elle prend le temps de connaître quelqu'un avant de le laisser entrer dans sa vie. Mais elle ne veut pas perdre trop de temps non plus.

— Que veux-tu dire ?

— Eh bien, si Charles et toi, ça ne fonctionne pas, elle renoncera à cette relation. Je pense qu'elle t'en a déjà parlé.

— Ça, je n'y crois pas.

— Moi, si, rétorque mon grand-père avec aplomb. Je connais ma fille et je sais à quel point elle te chérit. Elle n'a jamais ménagé ses efforts afin que tu reçoives la meilleure éducation et que tu aies des loisirs à profusion. Pour elle, il est important que sa fille ait une vaste culture et un esprit ouvert. En fait, elle tente de t'inculquer le même bagage et les mêmes valeurs que nous lui avons transmis, Jeanne et moi. Et puis, tout ça, ce n'est pas qu'une question matérielle. Anaïs t'aime et elle a toujours été là pour toi. Maintenant, elle aimerait t'offrir un foyer avec l'homme qu'elle aime, ce qui est tout à fait légitime.

— Mais je ne le connais même pas et il veut déjà bouleverser notre vie ! On va déménager et aller vivre ailleurs !

Mon grand-père éclate de rire.

— As-tu demandé à ta mère où Charles habitait au juste ?

Je lui fais signe que non.

— Eh bien, il a une maison dans le quartier voisin, à quelques kilomètres d'ici, m'annonce-t-il, les yeux rieurs. Si jamais les choses se concrétisent entre ta mère et lui, tu pourras fréquenter la même école et continuer à voir tes amis comme par le passé. Es-tu rassurée sur ce point, ma petite perle ?

— Alors, qu'est-ce que vous complotez tous les deux dans la cave ? Anaïs et moi commençons à trouver le temps long dans la cuisine.

Du haut de l'escalier, ma grand-mère nous interpelle.

— Allez, Jeanne, viens nous rejoindre, l'invite mon grand-père, qui semble vouloir aborder toutes les questions intimes et cruciales au sous-sol, dans la pénombre, avant l'arrivée des autres invités.

— D'accord, dit-elle, tout en descendant avec précaution les marches étroites du vieil escalier pentu. Lorsqu'elle parvient au bas de celui-ci, elle soupire de soulagement et se dirige vers nous en souriant.

Comme ses filles, ma grand-mère est d'une élégance naturelle. Aujourd'hui, elle porte des vêtements fluides d'inspiration japonaise, qui soulignent sa magnifique silhouette longiligne. Si je me sens moins proche d'elle que de mon grand-père, c'est peut-être parce qu'elle est plus réservée et moins affectueuse que lui. Il n'empêche que je l'aime beaucoup et que jamais je n'hésiterais à me confier à elle.

— Étiez-vous en train de parler de notre voyage en Chine ? nous demande-t-elle, tout en époussetant un coin de divan du revers de la main avant de s'asseoir.

— Pas encore, Jeanne, mais ça ne saurait tarder, réplique papi. Alors, Danaé, as-tu commencé à faire tes préparatifs pour le voyage ?

Décidément, me voilà prise au piège dans ce sous-sol ! Dois-je répondre à cette satanée question que je ne cesse de balayer sous le tapis depuis un mois ? Je crains fort que oui, car papi et mamie, sûrement dépêchés en mission spéciale par Anaïs, ne m'en laisseront pas le choix.

— Non, pas vraiment, mis à part la série de vaccins, lui dis-je, sans grand enthousiasme.

— Tu n'en as pas parlé avec ton petit copain et tes amies du cercle des yeux bridés ? s'étonne ma grand-mère.

— Oui, un peu.

— Pas plus que ça, ma petite perle ? insiste mon grand-père.

Je lui fais signe que non, ce qui ne semble pas l'étonner le moins du monde.

— Écoute, Danaé, nous savons tous que tu aurais préféré faire ce voyage un peu plus tard, reprend mon grand-père. Nous étions tellement emballés lorsque ta mère nous a proposé de l'accompagner en Chine qu'on a négligé d'en informer la principale intéressée : toi, ma petite perle.

— Et puis, comme ta mère voulait absolument te faire la surprise, ajoute ma grand-mère, on s'est tous entendus pour garder le secret.

— Si tu savais la joie qu'on se fait à l'idée de partir pour la Chine en famille ! Ta grand-mère et moi avons déjà fait nos valises. Enfin, presque. On a acheté un tas de guides de voyage. Alice a commencé à suivre des cours de mandarin. Deux fois par semaine chez Mme Wang. Elle a même réussi à convaincre Jean-Maurice de l'accompagner. Tu t'imagines ! s'extasie papi.

— Mme Wang ? Mais c'est ma prof, et elle ne m'a rien dit !

— Elle aussi est dans le secret, me révèle ma grand-mère avec un sourire espiègle.

Avant que j'aie le temps de m'emporter, papi me prend dans ses bras et tente de m'apaiser.

— Tu vas peut-être trouver mes conseils absurdes, mais essaye de voir les choses autrement. Dis-toi que tu pars pour un grand voyage dans un pays lointain. Informe-toi sur le climat, la géographie, les us et coutumes du pays. Fais des recherches sur Internet. Tente de savoir comment les jeunes de ton âge vivent là-bas. Et puis, s'il y a des lieux que tu aimerais voir, nous pourrons toujours changer notre itinéraire. N'est-ce pas, Jeanne ?

Ma grand-mère n'a pas la chance de répondre, j'ai déjà pris la parole.

— Et si je n'ai pas envie d'aller visiter l'orphelinat ?

— Eh bien, nous n'irons pas, ma chérie, dit aussitôt ma grand-mère. C'est toi qui décides.

— Est-ce qu'Anaïs est d'accord ?

— Tout à fait, c'est même elle qui nous en a parlé, avoue mon grand-père.

Cette conversation sur le vieux divan défraîchi du sous-sol, même si je sais maintenant qu'elle a été orchestrée en douce par Anaïs, a du bon. Tout à coup, je me sens soulagée d'un poids qui m'oppressait depuis des semaines. À force de tout dramatiser, je suis souvent incapable de voir le bon côté des choses. Je panique et je me braque dans une attitude de rejet. Après tout, la Chine, ce n'est pas la fin du monde et Charles non plus ! Le sourire retrouvé, je serre papi puis mamie dans mes bras, et nous remontons au rez-de-chaussée, nos bouteilles de vin dans les mains. En grimpant l'escalier, j'entends la sonnette de la porte d'entrée suivie d'un éclat de voix. Je vais enfin faire la connaissance du petit ami de ma mère !

•–•

Vers midi, tous les invités se trouvent enfin réunis autour de la table pour déguster le brunch gargantuesque que ma mère a préparé.

Pendant que les convives discutent à qui mieux mieux tout en remplissant copieusement leur assiette de nourriture, j'observe en silence chacun d'entre eux. Il a belle allure, le vp, pardon, Charles ! Du genre Calvin Klein. Je me suis toujours demandé quel style d'homme plairait à ma mère. Maintenant, j'ai ma réponse. Lorsque j'ai aperçu le regard étincelant qu'Anaïs posait sur lui dans le vestibule à son arrivée, j'ai tout de suite compris qu'elle en était amoureuse. Exactement comme moi avec Guillaume. Tout à l'heure, quand le vp s'est présenté à moi, il m'a fait la bise puis il m'a tendu un sac-cadeau. Charles m'a offert un superbe short! Des Billabong!

— Ta mère m'a dit que c'était ta marque préférée! Mon neveu Alexis est comme toi: il a ses marques et il y tient!

— Merci, vous êtes vraiment gentil d'avoir pensé à moi, lui ai-je dit sans oser le regarder dans les yeux.

Je ne sais pas pourquoi, mais il m'intimide. Peut-être parce que je le trouve beau et élégant…

— Tu peux me tutoyer, tu sais. Ce serait plus sympathique, non?

Que pouvais-je répondre à cela? « Non, monsieur, c'est trop tôt » ? Pas vraiment.

— Oui, OK, ai-je déclaré sans enthousiasme.

— Je sais que tu aimes la photographie. Nous avons cette passion en commun. Si tu veux, avec ta mère, on pourrait partir un dimanche pour aller faire quelques photos dans la nature et en profiter pour pique-niquer. Ça te dirait?

— Oui, peut-être, ai-je fini par lui dire avant que ma mère nous fasse signe de passer au salon pour l'apéro.

OK, il aime la photo, comme Guillaume, c'est un bon point pour lui, mais il ne m'amadouera pas si facilement. Ça non! Il le sait, car depuis que nous sommes assis à table, il ne cesse de me sourire tout en gardant ses distances. Papi et mamie, qui paraissent tout à fait sous son charme, discutent avec lui depuis le début du repas. De son côté, Guillaume semble apprécier le brunch et il est en ce moment en grande conversation avec ma copine Maxine, qui pratique comme lui le basket-ball. Alice, qui nage comme un poisson dans l'eau dans tous genres d'événements mondains, rit aux éclats en entendant une bonne blague de son petit ami, Jean-Maurice, qui semble maintenant aimer autant l'esprit de sa belle que son décolleté. Je présume que leur relation se prolongera plus longtemps que l'instant d'une saison; chacun avoue d'ailleurs avoir retiré sa fiche sur Réseau Contact. Je viens aussi d'apprendre que Jean-Maurice partira avec nous pour la Chine, mais pas Charles, qui a déjà prévu de se rendre en Europe cet été. Je parie qu'il serait venu avec nous si ma mère l'en avait supplié. Mais elle ne l'a pas fait peut-être parce qu'elle savait que l'idée ne me plairait pas. Elle ne se trompe pas sur ce point : pour moi, il ne fait pas encore partie de la famille. Lorsque mon regard se pose enfin sur Anaïs, qui parle justement de la Chine avec les parents de Maxine, je me réjouis de la voir si rayonnante. L'amour lui va bien : il lui donne un je ne sais quoi de décontraction qui lui manque parfois dans la vie. Comme si elle m'entendait penser, Anaïs se tourne vers moi et me décoche un sourire qui touche d'emblée sa cible : mon cœur, qui se met alors à battre plus vite dans ma poitrine. Si papi ne s'était pas levé pour porter un toast en l'honneur de sa fille, je crois bien que nous aurions toutes les deux éclaté en larmes tellement nous étions heureuses en cet instant. Pourvu seulement que notre bonheur dure.

•—•

Le 2 juin
Cher Anonymouse,
En tout cas, comme ma mère me l'a dit après le départ des invités, « ce brunch est une vraie réussite ». Elle était surtout contente de voir que ça s'était bien passé entre Charles et moi. Finalement, il est pas mal du tout, son vp... oups, Charles. ☺

Chapitre 11

❧

Une de perdue,
six de retrouvées !

Impossible de le nier maintenant. Entre Sidonie Dupont-Leblanc et moi, rien ne va plus. Sido m'adresse à peine la parole et fréquente désormais le cercle d'amis de son petit copain Miguel. Nos rendez-vous du mercredi sont choses du passé. Bref, je ne compte plus et ça me rend triste.

Et puis, un autre événement s'est produit l'autre jour. Guillaume a croisé Miguel, avec qui il est allé jouer au baseball. Après la partie, Miguel a invité Guillaume chez lui. Il a profité de l'occasion pour lui annoncer qu'un autre party aurait lieu chez Sido et que Guillaume était invité à se joindre à la fête. Quand Guillaume a dit à Miguel qu'il viendrait avec moi, celui-ci a répondu : « Tu sais, ça ne va pas très bien entre Sido et Danaé. Il vaudrait peut-être mieux que tu viennes seul. » À la fois surpris et choqué, Guillaume a conservé tout son calme et a rétorqué à Miguel : « Écoute, moi, je viens avec Danaé, sinon je ne viens pas du tout. C'est clair?» «Oui, je te comprends. Je savais bien que tu me répondrais ça», lui a dit Miguel, un peu embarrassé par la situation.

Aujourd'hui, j'ai pris la ferme décision de faire face à Sido à la sortie de l'école. Guillaume, qui comprend mieux ma peine depuis sa conversation avec Miguel, m'encourage à passer à l'action. «Après, tu seras triste peut-être, mais tu seras libérée, et tu pourras partir en Chine sans penser une seconde à cette fille», m'a-t-il dit ce matin au téléphone.

J'ai développé mon plan d'attaque avec Guillaume, un vrai stratège. Plutôt que de saluer Sido ce matin comme je le fais d'habitude, je m'assois à mon pupitre sans même la regarder. Une excellente stratégie, car tout de suite, elle semble déstabilisée. Peut-être qu'elle tient encore à notre amitié… À la pause, elle vient vers moi pour me parler, mais je prétexte une rencontre urgente avec une prof. Pour la faire patienter un peu, je lui donne rendez-vous en fin de journée. Elle accepte et propose même que nous allions prendre un café dans notre fameux casse-croûte près de l'école. Entente conclue.

Je tiens enfin Sido dans mes filets! Et elle ne m'échappera pas. Ce mardi de juin file trop lentement à mon goût et c'est avec soulagement que j'entends la cloche annoncer la fin des cours. Je sors de la classe de chimie à toute vitesse, me rends à ma case récupérer mes affaires et me précipite à la sortie de l'édifice. Sido n'est pas là. Je l'attends cinq, dix, quinze bonnes minutes. Je commence à m'impatienter. M'aurait-elle fait faux bond? Tout à coup, mon cell vibre dans la poche arrière de mon jean. C'est elle. Elle est déjà au casse-croûte et m'attend. Zut! Elle vient de me faire perdre un temps précieux et une partie de mon sang-froid. J'appelle Guillaume, qui me dit de tenir bon et me conseille d'aller au plus vite à mon rendez-vous.

Au pas de course, je me dirige vers le casse-croûte près de l'école, en empruntant le sentier d'un parc fort achalandé en cette fin d'après-midi. Je contourne prudemment les cyclistes, les coureurs et les mamans avec leurs poussettes qui croisent ma route. J'arrive enfin sur les lieux, mais je n'entre pas tout de suite. Je veux d'abord retrouver mon souffle et ma contenance, qui vacille déjà. Mon cœur bat à se rompre et je sens que je transpire plus qu'à l'accoutumée. Ouf! J'espère au moins que je ne vais pas pleurer ou m'évanouir. Mais non, tout va bien, ma petite Danaé. Après quelques minutes d'hésitation, je pousse la porte et pénètre dans le casse-croûte.

••••

À l'intérieur, mis à part quelques clients qui ont fui la chaleur, c'est le calme plat. Assise à une banquette près d'une fenêtre, Sido me salue et me fait signe de la rejoindre. Après avoir longé une allée puis contourné quelques tables, je viens m'asseoir en face d'elle et commande un lait au chocolat froid. L'oreille vissée à son cellulaire, la belle Sido poursuit sa conversation tout en sirotant un cappuccino glacé et en faisant mine de ne pas voir mon agacement. La serveuse a le temps de m'apporter ma boisson avant que ma copine daigne enfin interrompre son papotage. Elle a à peine raccroché que la sonnerie de son iPhone se met aussitôt à retentir.

— Sido, s'il te plaît ! Tu es venue pour me voir, oui ou non ? que j'ose lui demander sur un ton impératif.

— Mais oui ! me répond-elle, offusquée.

— Alors, pourrais-tu fermer ton cell ?

— Qu'est-ce qui te prend de me parler comme ça ?

— Qu'est-ce qui me prend ? Ça fait des semaines que j'essaie de te parler, mais tu m'évites comme la peste.

— Tu exagères, Danaé ! me dit Sido, en fourrant son cellulaire dans son immense sac à main de couleur crème.

— Non, je n'exagère pas.

— Ah, Danaé, sois cool ! Tu es trop dramatique. Tu vois toujours tout en noir. Ce n'est pas parce qu'on ne se voit plus autant qu'avant, toi et moi, qu'on n'est plus des copines. Les choses ont changé, c'est tout. Toi, tu sors avec Guillaume, et moi avec Miguel.

OK, Sido joue la carte de la fille rationnelle et tente de me faire passer pour une émotive qui ne sait pas se maîtriser. Guillaume et moi l'avions prévu. Je décide d'entrer dans le vif du sujet.

— Et alors, ça ne nous empêche pas de nous voir et de nous parler à l'école ou ailleurs. Pourquoi annules-tu nos rendez-vous, Sido ?

— Écoute, Danaé, ma vie a changé… me dit-elle en esquivant mon regard. Entre les classes, mon cours à l'école de cirque et Miguel, eh bien, je n'ai plus tellement de temps pour autre chose. Toi non plus, d'ailleurs…

« Plus tellement de temps pour autre chose... » Je suis bouche bée. Si je n'avais pas préparé le scénario de mon face-à-face avec Sido, je crois bien que j'aurais éclaté en sanglots en entendant cela. Pour me calmer, je bois une gorgée de lait au chocolat et pense à ma prochaine réplique. Que vais-je lui dire ? Pendant que je délibère dans ma tête, Sido farfouille dans son sac à main et en retire son cellulaire. Elle vérifie ses messages, puis remet l'appareil dans son sac. Bref, elle tue le temps. Pour moi, il n'y a plus de doute. Autant en finir...

— Avoue plutôt que tu n'as plus de temps pour nous.

Sido lève la tête et me fixe de son regard vert énigmatique. Que ressent-elle au juste, en cet instant, je l'ignore. Rien ne transparaît dans ses gestes. Elle ne bouge pas, ne sourit pas. Elle me regarde, c'est tout. Après quelques poussières d'éternité, elle ouvre enfin la bouche.

— Écoute, Danaé, c'est difficile à dire, mais... je pense que je n'ai plus envie... qu'on se voie autant. J'ai d'autres amis, ils sont vraiment cool et on fait plein d'activités ensemble. Dans quelque temps, je pars pour Vancouver et, toi aussi, tu t'en vas pour l'été...

— OK, Sidonie, j'ai compris. Pas la peine d'en rajouter. C'est terminé entre nous, n'est-ce pas ? C'est bien pour ça que tu ne m'invites pas à ton prochain party ?

— Oui, c'est ça, finit-elle par admettre d'un air navré. Et puis, si tu veux tout savoir, je n'ai pas aimé la façon dont tu m'as jugée à mon party d'anniversaire. Miguel avait déjà rompu avec Annabelle. Donc, j'avais le champ libre avec lui. La seule chose que je n'avais pas prévue, c'est qu'Annabelle vienne se confier à moi. Comme je savais qu'Alex s'intéressait à elle, eh bien, je les ai présentés l'un à l'autre. Bon, j'ai peut-être fait une erreur, mais est-elle impardonnable ? Toi, au lieu de chercher à comprendre la situation, tu as tout de suite sauté aux conclusions : que j'avais été incorrecte avec Annabelle, que je ne t'avais rien dit à propos de Miguel, que tu ne te serais pas comportée de la sorte avec une amie, et j'en passe. Tout à coup, c'est comme si tu avais oublié tout ce que j'avais fait pour toi. Figure-toi que, moi aussi, j'ai eu beaucoup de peine après la fête. Tu étais ma *best*, Danaé, et je m'attendais à plus de compréhension de ta part. Après cette soirée, honnêtement, le cœur n'y était plus... Mais je n'arrivais pas à te le dire... Maintenant, c'est fait...

Sans plus attendre, Sido glisse la bandoulière de son sac à main sur son épaule et se lève. Elle me salue d'un geste, le visage triste, puis se dirige vers la caisse pour payer sa consommation. À la sortie du casse-croûte, elle jette un dernier coup d'œil dans ma direction puis détourne la tête. Sido s'en va. Voilà, c'est fini. Dix petites minutes ! C'est tout le temps qu'il aura fallu pour liquider une amitié vieille de quatre ans. Presque tout notre secondaire. Je n'en reviens pas. Je ne sais pas si je dois en rire ou en pleurer. Pour l'instant, j'accuse le coup. Mon psy dirait que je suis en état de choc et que je tente de reprendre mes esprits.

Je reste assise sur la banquette sans bouger pendant de longues minutes. C'est la voix de la gentille serveuse qui me tire de cette étrange bulle.

— Vous désirez autre chose, mademoiselle ? demande-t-elle en se penchant vers moi.

En levant le regard vers elle, je me rends compte que des larmes coulent sur mes joues.

— Ça ne va pas, hein ? Attendez, je vais vous apporter un verre d'eau et des kleenex.

La serveuse, une dame de l'âge d'Anaïs environ, file derrière le comptoir et revient avec le verre d'eau et les mouchoirs, qu'elle me tend aussitôt. Pendant que je me mouche bruyamment et continue de pleurer, maintenant à gros bouillons, la serveuse reste plantée devant moi comme un vigile.

— Voulez-vous que j'appelle quelqu'un pour venir vous chercher ?

— Non… mer… hic… ci… parviens-je à articuler entre deux hoquets qui viennent de s'ajouter aux sanglots. J'ai… mon… hic… cell… hic… cellulaire.

— Buvez un peu d'eau, ça vous fera du bien, me suggère-t-elle sur un ton inquiet.

Comme un automate, je prends une gorgée d'eau, mais mon hoquet m'empêche d'en boire davantage. Avec difficulté, je réussis à me lever et demande à la serveuse la direction des toilettes.

— C'est au fond, à gauche.

La dame m'aide à mettre mon sac à main sur mon épaule, puis je me dirige en pleurant vers les toilettes. En ouvrant la porte, j'aperçois tout de suite mon visage dans le grand miroir de la pièce. L'horreur ! J'ai tellement pleuré que j'ai peine à me reconnaître : mes yeux sont rouges et bouffis et mon mascara, censé être *waterproof*, a coulé sur mes joues. Aïe, aïe, aïe ! Et mon hoquet qui persiste. Je m'asperge le visage d'eau fraîche, puis je farfouille dans mon sac à la recherche de ma mini trousse de maquillage. En appliquant de la poudre sur mes joues et du *gloss* sur mes lèvres, j'arrive à me recomposer un visage présentable. En quittant la pièce, je me rends compte que mes pleurs et mon hoquet ont cessé. De retour à ma table, je paie mon lait au chocolat froid et laisse un pourboire à la serveuse affairée ailleurs.

Lorsque je m'apprête à sortir, la bonne dame m'interpelle.

— Merci, ma petite. Faites attention à vous.

À l'extérieur, le soleil plombe toujours. Pour cacher mon visage défait et protéger mes yeux, je mets mes grosses lunettes noires et me dirige vers un banc où je me laisse choir comme une épave. Je sors mon cellulaire de mon sac à main et compose le numéro de Guillaume. Il répond aussitôt.

— Vite, viens me chercher! Je suis dans le parc à côté du casse-croûte.

•→•

12 juin
Cher Anonymouse,
Cette histoire avec Annabelle a vraiment tué mon amitié avec Sido. C'est juste que je ne voulais pas l'admettre. Comme tout

le monde, j'aurais pu laisser notre amitié mourir de sa belle mort : on arrête de se voir, on arrête de s'appeler et puis c'est tout. Mais c'était plus fort que moi, je voulais affronter Sido afin que nous puissions nous dire nos quatre vérités et pour l'entendre m'avouer que c'était fini. F-I-N-I ! Et ça, c'est toute une victoire pour moi. Ça valait bien toutes les larmes de mon corps, car j'ai l'esprit en paix. Enfin, presque, car je sais que j'ai aussi mes torts dans cette affaire. En tout cas, depuis ma rupture avec Sido, je me sens encore plus proche de Guillaume, qui m'a aidée à franchir ce cap. C'est lui maintenant, mon grand ami. Prochaine étape : mon voyage en Chine. Je pars dans 14 jours exactement. C'est drôle, mais je commence à avoir hâte. Papi et mamie m'ont offert un appareil photo juste pour moi. Tellement cool ! Demain, c'est ma dernière leçon avec Mme Wang avant mon départ. Après, je prendrai une pause de quelques jours avant l'immersion totale.

La seule chose qui m'attriste, c'est que mon doux ne viendra pas avec moi. Tantôt, au téléphone, il m'a dit pour me faire rire que la Chine, « ça n'était vraiment pas sa tasse de thé. » Il est tellement trop mignon, avec ses blagues cuculs !

●•●

Le lendemain, après ma leçon de mandarin avec Mme Wang — à qui j'ai offert des fleurs pour la remercier de son incroyable patience ! —, j'apprends une bonne nouvelle en écoutant la boîte vocale de mon iPhone : Maxine sera à Montréal avec ses parents le 23 juin prochain. Tout excitée, je l'appelle *presto*. Elle répond rapidement.

— Salut, Danaé ! Super cool, comme nouvelle, hein ? Et ce n'est pas tout ! me dit-elle d'un ton triomphant qui attise ma curiosité.

— Tu viens avec tes parents, non ?

— Oui, mais pas seulement. Il y aura cinq autres personnes qui seront avec moi.

Cinq autres personnes... Décidément, je vais de surprise en surprise.

— Qui donc ?

— Les filles du cercle des yeux bridés ! Toi, moi et les cinq autres filles ! Même Rose-Aimée sera là.

— Rose-Aimée ?

— Eh oui ! Tout s'est arrangé avec son père. Il a compris à quel point sa fille était perturbée par le divorce et qu'elle avait besoin d'être entourée de ses copines du cercle des yeux bridés pour passer cette période difficile. Il lui a aussi promis qu'ils feraient le voyage en Chine d'ici deux ou trois ans.

— Quelle bonne nouvelle !

— N'est-ce pas ? On va fêter la Saint-Jean-Baptiste ensemble dans le Vieux-Montréal. On en profitera aussi pour célébrer notre départ pour la Chine. Toutes les sept ! Sans les parents pour nous chaperonner, tu te rends compte ! J'espère au moins que ça te tente ?

— Tu parles ! C'est évident ! Trop cool ! Mais dis-moi, comment as-tu fait pour réunir toutes les filles du cercle ?

— Ah, ça, c'est mon secret, Danaé ! Je peux juste te dire que j'ai dû ramer pour convaincre les parents de laisser leur petite fille chérie se rendre à Montréal toute seule. Je dois avouer que ta mère m'a donné un sérieux coup de main. Sans elle, je ne sais pas si j'aurais réussi.

— Ma mère ? Ah oui ?

— C'est moi qui lui ai demandé de ne rien dire. Je voulais te faire la surprise. Ta mère hébergera les plus jeunes d'entre nous, Rosalie, Mélodie et Agnès, pendant quelques jours, puis elles viendront retrouver le reste du cercle dans l'hôtel où nous logerons mes parents et moi. Si Guillaume veut se joindre à nous, ce serait vraiment super ! Depuis le temps que je parle de lui aux filles, elles ont vraiment hâte de le rencontrer ! Et puis, tout le monde sera à l'aéroport le jour de ton départ pour la Chine. C'est génial, non ?

Même si je connais Max depuis l'enfance, jamais je n'aurais pensé qu'elle pourrait faire un tel geste. Je découvre maintenant une nouvelle

Max, plus mûre et plus déterminée, qui n'a pas peur de prendre des initiatives. Bientôt, je le sens, nos parents nous laisseront voler de nos propres ailes et le cercle existera grâce au désir et à la volonté de toutes les copines.

— Chère Maxine, tu es vraiment une super organisatrice ! Tu ne peux pas savoir à quel point je suis heureuse ! Je t'aime, Max !

— Moi aussi, je t'aime, Danaé. On se revoit le 23. Bisous !

Après avoir raccroché, je me mets aussitôt à hurler de joie. Des passants dans la rue se retournent, éberlués de me voir ainsi crier et sauter partout. Après m'être calmée, je repars en direction de la maison. Toute à mes pensées, je médite sur le vide que la fin de mon amitié avec Sido a laissé dans ma vie. Même si Guillaume est là pour moi, il me manque une amie à qui je pourrais me confier et partager mes bons comme mes mauvais moments. J'ai bien quelques copines à l'école, mais pas encore une véritable amitié. Guillaume me dit que ça viendra. De toute façon, mes copines du cercle des yeux bridés seront en ville et me feront peut-être oublier celle qui n'est plus là.

•◆•

Quand je rentre à la maison après ma leçon de mandarin, ma mère est déjà là. Confortablement installée dans la causeuse du salon, elle sirote un jus de fruits bien frais. Eh oui, elle l'avoue, elle a comploté pour que les filles du cercle passent un peu de temps avec moi avant notre départ.

— Je sais que tu as de la peine en ce moment, poursuit-elle. Alors, quand Maxine m'a téléphoné, j'ai tout de suite pensé que ce serait une bonne idée. Les filles du cercle sont toutes de bonnes copines pour toi.

— Tu es vraiment gentille, maman ! Tu sais, tu aurais pu refuser : tu as encore tant de choses à faire avant notre départ.

— Oui, c'est vrai, j'aurais pu refuser, mais c'est plus fort que moi, j'ai parfois du mal à me réfréner. C'est dans ma nature ! Je suis hyperactive et… un peu « contrôlante ». Une vraie mère poule ! Mon père me le reproche souvent. Il dit que j'en fais trop et que ce n'est vraiment pas nécessaire, se confesse-t-elle en riant.

— C'est comme pour le voyage en Chine… que je me risque à ajouter.

— Oui, je sais. Je me suis emballée sans penser que ce n'était peut-être pas encore le moment pour toi.

— Oui, mais tu sais quoi ?

— Non… ? dit-elle avec curiosité.

— Eh bien, j'ai vraiment hâte de partir, maintenant !

Ma réponse semble la surprendre. Après quelques instants de silence, elle me lance sur un ton joyeux :

— Merveilleux ! Eh bien, moi aussi, figure-toi donc !

•─•─•

Le 13 juin

Alors, cher Anonymouse,

Une de perdue, six de retrouvées ? Je n'en doute pas une minute !

Merci à Max et à ma mère d'avoir eu cette idée géniale de nous réunir !

Encore une fois, ma mère est partout. Mais peut-être que sa relation avec Charles va changer les choses…

CHAPITRE 12

Fortune cookie

Aujourd'hui, c'est enfin le grand jour : nous partons pour la Chine !

Le trajet sera long ! Comme il n'y a pas de vol direct pour Beijing, nous ferons un arrêt à Toronto, où nous changerons d'avion, puis nous poursuivrons notre route jusqu'à destination. Durée totale du trajet : seize heures ! En tenant compte du décalage horaire, nous arriverons donc à Beijing le 28 juin !

Selon notre itinéraire fort chargé, nous passerons cinq jours à découvrir les attractions de la capitale chinoise et ses alentours : la Cité interdite, les Hutong, sortes de ruelles anciennes et maisons à cour carrée datant du XIII siècle, le Nid d'oiseau et le Cube d'eau, le Centre de natation national. Avant de quitter la capitale, nous ferons une excursion à la Grande Muraille. Puis nous prendrons le train en direction du Xian, la première capitale de l'empire de Chine, où se trouve la fabuleuse armée en terre cuite! Par avion, nous irons ensuite à Wuhan, dans la province de Hubei, au sud du pays. Non loin de cette ville, nous entreprendrons une croisière sur le fleuve Yangtsé d'une durée de quatre jours. Cool! Nous dormirons même à bord du bateau! Nous ferons un arrêt au barrage des Trois-Gorges, le plus grand au monde, plus grand même que celui de la baie James. Par train, nous gagnerons ensuite le Hunan, ma région natale, où nous séjournerons pendant une semaine. À ma demande, nous n'irons à l'orphelinat de Shaosan, où Anaïs m'a recueillie, que si le cœur m'en dit. À l'heure actuelle, il est toujours hors de question pour moi de m'y rendre. De là, nous rayonnerons dans la province dont les paysages sont, d'après mes recherches sur Internet, à couper le souffle. Nous irons ensuite à Hong Kong, puis à Shanghai, où se terminera notre voyage. À notre retour, le 24 juillet, nous ferons escale à Vancouver pour quelques jours afin de découvrir la ville et ses alentours. Une idée de dernière minute de tante Alice!

Ce matin, je me suis levée très tôt en prévision du voyage. J'ai fait l'inventaire de tout ce que j'apportais avec moi — passeport, visa, carnet de santé, dictionnaire de poche, iPod, iPhone, appareil photo – et bouclé ma valise.

Quand je dépose mes bagages dans le vestibule, mamie et papi sont déjà là en train de siroter un café dans la cuisine en compagnie d'Anaïs. Ils m'accueillent tous avec chaleur et m'invitent à me joindre à eux. Papi est vraiment marrant dans ses vêtements et son chapeau Tilley. On dirait qu'il part non pas pour la Chine, mais pour une expédition sur le fleuve Amazone. Même son caleçon et ses chaussettes sont des Tilley! Papi ne jure que par cette marque, qu'il n'arrête pas de nous vanter. « C'est le confort absolu! » nous dit-il sur un ton un peu offusqué. Quelques instants après, Charles sonne à la porte. C'est lui qui nous conduira à l'aéroport. Dès qu'elle le voit, ma mère se jette dans ses bras et l'embrasse sans retenue. Franchement, la scène ne me plaît pas trop, mais je crois que je n'aurai pas le choix de m'y habituer. Mon doux arrive quelques minutes plus tard. Il aidera Charles avec nos bagages et passera avec moi les dernières heures avant notre départ. Lui et moi y tenons beaucoup.

Vers huit heures, nous partons tous pour l'aéroport dans le 4 x 4 de Charles, tout heureux de faire un geste amical pour la famille de sa dulcinée. Pour paraphraser le proverbe, petit à petit, le vp fait son nid ! Et ce nid, nous saurons où il se trouvera dès notre retour de Chine. Mais ça, c'est une autre histoire.

Lorsque nous arrivons au comptoir d'enregistrement de la compagnie aérienne à l'aéroport, nous retrouvons avec plaisir Alice, toute pimpante, et Jean-Maurice qui, lui, n'en mène pas large. Tout un baptême de l'air pour le petit ami de ma tante, qui prend l'avion pour la première fois de sa vie ! Pour s'assurer qu'il tiendra le coup, Alice a apporté toute une panoplie de médicaments : calmants, Gravol et Tylenol. Nous tentons de le divertir et de lui raconter des blagues, mais c'est peine perdue. Il tremble comme une feuille. Espérons qu'il aura le temps de se calmer avant de monter à bord de l'avion.

Peu après, Max, ses parents et toutes les copines du cercle nous rejoignent dans un café de l'aéroport. Dans quarante-huit heures, Max et sa famille partiront eux aussi pour le grand voyage de retour aux sources. Il y a quelques jours à peine, les copines du cercle et moi avons passé des moments inoubliables en compagnie de Guillaume, notre chevalier servant, qui a fait un malheur auprès des copines. Elles l'ont

trouvé « cool, super drôle et trop mignon »,
m'a confié Rose-Aimée, avec qui j'ai clavardé
sur Facebook hier. Les filles sont ravies de leur
séjour à Montréal, qui se terminera après mon
départ, et promettent de répéter l'expérience dès
notre retour. Il se peut d'ailleurs que Mélodie
invite toutes les filles du cercle à Québec au mois
d'août, juste avant la rentrée des classes. Toujours sans les parents, bien entendu !

Attablés au café, nous prenons le petit-
déjeuner tous ensemble, en attendant de passer
aux douanes. Depuis notre arrivée à l'aéroport, Guillaume se tient serré tout contre moi.
Amusée de nous voir ainsi, Max glousse sans
arrêt en mettant la main devant sa bouche. Nous
conversons à bâtons rompus sans nous soucier
des minutes qui filent.

Vers 9 h 30, mon grand-père se lève pour
signifier l'heure du départ. Avant de nous quitter,
les filles du cercle et les parents de Max nous font
la bise et nous donnent l'accolade. Dans le creux
de mon oreille, Max murmure : « Tu vas voir, tu
vas faire un super voyage ! Et si tu n'as pas envie
d'aller quelque part, dis-le. Si jamais tu as les
blues, essaie toujours de m'envoyer un texto ou un
courriel. Je prendrai mes messages. » Je ne sais

pas si les communications seront possibles, mais ma mère a prévu d'acheter des puces chinoises pour nos cellulaires. Comme moi, elle veut pouvoir rester en contact avec son entourage et son amoureux. Charles est d'ailleurs en train de lui faire ses adieux, qui arrachent quelques larmes à Anaïs, que je n'avais encore jamais vue dans un tel état. Sapristi, ma mère est vraiment folle de lui! Après avoir salué chacun de nous avec chaleur, Charles prend la main d'Anaïs, qu'il entraîne à l'écart du groupe. Peu désireuse de les voir se bécoter, je détourne la tête.

— Danaé! m'interpelle Guillaume.

Un peu en retrait, lui aussi, mon doux m'invite à le rejoindre pour un dernier moment d'intimité.

— Alors, c'est le grand départ, Danaé? me demande-t-il tout en caressant mes cheveux de ses deux mains.

Comme si je prenais soudain conscience de l'imminence de notre séparation, je me réfugie dans ses bras et j'éclate en sanglots. Guillaume me serre alors très fort contre lui et m'embrasse avec toute l'ardeur dont il est capable.

— Tu vas m'appeler ou me texter? me glisse-t-il à l'oreille.

— Oui, snif, promis, snif, réussis-je à balbutier.

— Danaé, ça fait longtemps que je veux te le dire, mais je ne trouvais jamais le bon moment pour le faire…

Il s'arrête un instant, prend ma tête entre ses mains.

— Quoi… snif… Guillaume ?

Je n'ai pas le temps d'entendre sa réponse que mamie, probablement dépêchée par papi, trop gêné pour nous interrompre, s'approche de nous et nous gronde en riant.

— Alors, les amoureux ! Dois-je vous rappeler qu'un avion nous attend et que nous devons d'abord franchir le point de contrôle ? Allez, dépêche-toi, ma chérie ! Fais tes adieux à Guillaume.

— Oui, mamie, snif, j'arrive tout de suite. Laisse-moi juste une petite minute avec Guillaume, snif.

— D'accord, mais pas plus. Il ne faudrait surtout pas manquer notre avion.

Comme toute la tribu des Savoie nous regarde maintenant, je ne peux plus parler librement avec mon doux, qui choisit ce moment pour sortir un *fortune cookie* de sa poche.

— Tiens, c'est pour toi.

— Un *fortune cookie*?

— Au cas où tu aurais un petit creux dans l'avion, lance-t-il, en me décochant un clin d'œil dont je ne suis pas certaine de comprendre la signification.

Je fourre aussitôt le biscuit dans mon bagage à main et me blottis contre Guillaume.

— On se revoit dans un mois? que je lui demande, inquiète.

— Oui, c'est juré craché, ma beauté!

Après une ultime étreinte et quelques mots tendres, je cours enfin retrouver notre groupe qui piaffe d'impatience, sauf le pauvre Jean-Maurice qui avance vers le point de contrôle de préembarquement comme un condamné à mort. Triste et émue, je salue une dernière fois Guillaume, qui se trouve en compagnie de Charles. Je jette un coup d'œil furtif à ma mère, qui semble tout aussi remuée que moi. Munis de notre passeport et de notre carte d'embarquement, nous atteignons enfin l'agent de bord, qui les vérifie. Lorsque je me retourne, Charles et Guillaume ont déjà disparu.

Le 26 juin

Cher Anonymouse,

Nous voilà en route pour la Chine. Seize heures à parcourir le ciel à toute vitesse jusqu'à notre destination : Beijing. Comme je n'apporte pas de portable pour le voyage, mamie m'a offert ce journal en papier dans lequel j'écris maintenant. C'est super, car je vais pouvoir noter au fur et à mesure toutes mes impressions de voyage.

À ma gauche, mamie lit, tandis que papi ronfle, la tête cachée dans son chapeau Tilley. À ma droite, Anaïs écoute de la musique sur son iPod. Devant nous, Alice commande un drink pour Jean-Maurice, qui vient de vivre deux décollages et un atterrissage en moins de trois heures ! Il sera en morceaux lorsque nous arriverons à Beijing. Pauvre Jean-Maurice, j'ai de la peine pour lui...

C'est drôle, mais j'ai hâte d'être en Chine. La nuit dernière, j'ai rêvé que je volais au-dessus de la Grande Muraille illuminée en entier comme un sapin de Noël. C'était MAGIQUE ! C'est comme si la vie me disait : « Ma petite Danaé, un cadeau t'attend en Chine ! Ne t'inquiète pas, tout se déroulera à merveille. » Depuis que j'ai fait ce rêve, je me sens plus confiante et moins anxieuse à l'idée de retourner dans ce pays. OK, je sais que je ne retrouverai jamais mes parents biologiques, mais peut-être qu'en voyant les gens et les lieux, je comprendrai pourquoi ils m'ont abandonnée... L'autre jour, quand elle est

205

venue à Montréal avec les autres copines du cercle des yeux bridés, Rosalie m'a avoué qu'elle était très contente d'avoir été adoptée et qu'elle aimait sa vie au Québec. Mais ce qu'elle aime surtout, c'est de penser qu'une fois adulte, elle pourra retourner en Chine quand elle le voudra. En tout cas, elle sait déjà qu'elle ira à l'université là-bas pour perfectionner son mandarin (qui est vraiment meilleur que le mien ☺). Elle enseignera ensuite cette langue aux Québécois. Pour elle, c'est la meilleure façon de retrouver ses racines et de donner un sens à sa vie. J'espère que mon voyage de retour aux sources me donnera des réponses aussi claires. Elles ne viendront peut-être pas tout de suite et il ne faudra pas que je me décourage. Mais déjà, simplement en regardant les membres de ma famille autour de moi, je sais combien ils m'aiment. Beaucoup, beaucoup, beaucoup ! Anaïs, papi, mamie et Alice, tous ont voulu être avec moi pour ce voyage. C'est la plus belle preuve d'amour que j'ai jamais reçue de toute ma vie, à l'exception peut-être de mon adoption… Un jour, je le dirai à Anaïs.

Des preuves d'amour, on en reçoit tout le temps et pas toujours de la façon dont on pourrait s'y attendre. Tout à l'heure, quand j'ai fouillé dans l'un des compartiments de mon bagage à main, j'ai retrouvé par hasard le fortune cookie que Guillaume m'a offert avant notre départ. Je n'ai d'abord pas compris pourquoi il m'avait donné ce biscuit. J'ai simplement pensé qu'il voulait encore me faire une bonne blague. C'est quand j'ai croqué dedans et retiré le papier à l'intérieur que j'ai tout compris. Le message, écrit à la main, ce n'était pas un proverbe de Confucius ou une maxime bizarre, mais des mots tout simples et tout beaux : « Je t'♥ ! Guillaume. »

Cet ouvrage a été composé en MrsEaves 12,5/14,0
et achevé d'imprimer en août 2010 sur les presses de
l'imprimerie Lebonfon Inc., à Val-d'Or, Québec, Canada.